Perils of Payeto, the Last Vaquita Porpoise

Las travesías de Payeto, La última Vaquita Marina

by Tio Stib
Illustrated by Eric Savage

Por Tio Stib
Ilustrado por Eric Savage

Traducido por Soledad Fernández Viola
http://www.spanishandsurflessonsmexico.com/language-school/our-staff/

DEDICATION

to Maria, whose enduring love brought me back to Life and George, for his leap of faith.

DEDICACIÓN

A María, cuyo amor perdurable me devolvió la vida.

Gulf of California/El Golfo de California

INTRODUCTION

Lying between Baja California and mainland Mexico, the Sea of Cortez stretches up like a painted blue finger to tickle the mouth of the Colorado River. Also called the Vermillion Sea and the Gulf of California, this strip of ocean is a marine wonderland.

From Blue Whales to giant squid, harbor seals to sea turtles, sardines to sailfish, the Gulf of California is one of the most diverse and thriving marine ecosystems on Planet Earth.

In turn, this rich ocean nourishes and sustains the many human communities surrounding it. Each day these two worlds, Man and Nature, do their delicate dance together. Man taking care not to step on Nature's tender toes. For without Nature, there is no dance of Life. It is here our story begins, and, with your help, will not end.

INTRODUCCIÓN

Situado entre Baja California y México, el Mar de Cortez se extiende como un dedo azul haciéndole cosquillas a la boca del Río Colorado. También llamado el mar Vermilion o el Golfo de California, esta franja del océano es una maravilla marina.

En el Golfo de California habitan, desde ballenas azules hasta calamares gigantes, focas, tortugas marinas, sardinas y pez vela, constituyendo uno de los más diversos y prósperos ecosistemas marinos del planeta Tierra.

Este rico océano alimenta y sostiene las muchas comunidades humanas que lo rodean. Cada día estos dos mundos, el del hombre y el de la naturaleza, hacen su delicado baile juntos. El hombre, con cuidado de no pisar el frágil terreno de la Naturaleza, ya que sin naturaleza, no hay vida.

Es aquí donde nuestra historia comienza, y, con su ayuda, no terminará.

CHAPTER 1

On a sparkling summer afternoon, a giant manta ray exploded from the water. Soaring skyward in a cloud of spray, the ray froze in space, then crashed back into the sea. Another ray launched itself, and a small gray missile shot up alongside. Simultaneously, the two flying creatures fell into the ocean.

En una brillante tarde de verano, una mantarraya gigante irrumpió desde el océano. Elevándose hacia el cielo y dejando atrás una cortina de agua en el aire, la manta pareció congelarse en el espacio para luego caer al mar. Otra manta saltó, y un pequeño misil gris se disparó a su lado, cayendo las dos criaturas voladoras en el océano a la misma vez.

"Ouch! Watch it Junior!" growled a voice beneath the waves.

"¡Ay! ¡Cuidado Junior!" Gruñó una voz bajo las olas.

The gray missile stopped and stared. He was a vaquita porpoise, the smallest and rarest porpoise in the world. His name was Payeto.

El misil gris se detuvo y se quedó mirando. Era una vaquita marsopa, la marsopa más pequeña y más rara del mundo. Su nombre era Payeto.

Dazed, Payeto saw a mountain of barnacles and sea grass begin to move. Two large legs swept back and a greenish brown head turned to look at him with big, black eyes. It was a sea turtle.

Aturdido, Payeto vio que una montaña de percebes y algas marinas comenzaban a moverse. Dos grandes patas se desplazaron hacia atrás y una cabeza color marrón verdoso se volteó para mirarlo con grandes ojos negros. Era una tortuga marina.

"Oops! Sorry!" said Payeto.

"¡Ay! ! Lo siento", dijo Payeto.

A year old and three feet long, the vaquita porpoise had distinctive markings. With dark rings around

Con un año de edad y tres pies de largo, la vaquita marina tenía marcas distintivas. Con anillos oscuros

his eyes and black lines around his mouth running back to his pectoral fins, Payeto looked like a sea clown. Deciding the old turtle was not in a playful mood, Payeto arched his back and then straightened out with a swish of his tail, scooting away with his peculiar form of swimming called *porpoising.*

alrededor de los ojos y líneas negras que rodeaban su boca y llegaban hasta sus aletas pectorales, Payeto parecía un payaso marino. Pensando que la vieja tortuga no estaba de muy buen humor, Payeto arqueó la espalda y luego se enderezó con un movimiento de cola, alejándose rápidamente con su peculiar forma de nadar, llamada marsopear.

Speeding along just under the surface with a rooster tail shooting up behind his pointed dorsal fin, Payeto took a quick breath through the blow hole on top of his head. Porpoises are mammals and must breathe air. They do this by exposing their blowhole above the water and quickly taking in the air they need.

Payeto nadó rápidamente bajo la superficie dejando una cortina de agua detrás de su puntiaguda aleta dorsal y respiró a través del orificio en la parte superior de su cabeza. Las marsopas son mamíferos y deben respirar aire. Esto lo hacen exponiendo su espiráculo por encima del agua y rápidamente tomando el aire que necesitan.

Payeto shot above the waves to look around. Startled, he saw something coming at him and dove back into the water. There was a splash next to him and a flying fish streaked by. Then another, and another, speeding ahead with wings close against their silver bodies.

Payeto apareció entre las olas y miró a su alrededor. Asustado, vio algo que venía en dirección a él y volvió a sumergirse. Hubo un chapoteo a su lado y un pez volador apareció, y luego otro y otro, nadando a gran velocidad con sus aletas presionadas contra sus cuerpos plateados.

The sleek fish were too big to eat, but Payeto spun and chased them anyway. He'd nearly touched the tail of one when it thrust upward through the water's surface and disappeared.

Los brillantes peces eran demasiado grandes para comerlos, pero Payeto giró y los persiguió de todos modos. Casi había tocado la cola de uno de ellos cuando el pez subió a la superficie del agua y desapareció.

The young porpoise followed, spray flying as he hurled himself above the waves. All around him flying fish glided past. The porpoise had excellent eyesight and often surfaced to look around. Above, Payeto saw a squadron of pelicans circling a patch of splashing water. Payeto had seen pelicans before and knew they were looking for something to eat. He dropped back into the water and listened. He heard a familiar sound. It was a school of fish, and fish were food.

El joven marsopa continuó su camino, pareciendo volar por encima de las olas. A su alrededor habían otros peces que lo pasaban a gran velocidad. Las marsopas tienen una excelente vista y salen frecuentemente a mirar a su alrededor. En el cielo, Payeto vio un escuadrón de pelícanos en círculo sobrevolando un parche de salpicaduras en el agua. Payeto había visto pelícanos antes y sabía que estaban buscando algo para comer. Se metió al agua y escuchó un sonido familiar. Era una escuela de peces, y los peces eran alimento.

And Payeto was hungry.

Y Payeto estaba muerto de hambre.

"Payeto!" he heard his mother's voice, then she appeared beside him. With the same markings as Payeto, his mother was a foot longer than her son.

"Payeto!" oyó la voz de su madre, quien entonces apareció junto a él. Con las mismas marcas que Payeto, su madre era un pie más larga que él.

"Mom, I think I hear a school of fish."

"Mamá, creo que oigo un banco de peces."

"I think you do too," she answered.

"Creo que tienes razón", respondió ella.

Overhead, the graceful pelicans began dropping out of the sky. Wings back, heads snug against their chests, the big gray birds vanished in erupting exclamation points.

En lo alto, los pelícanos agraciados comenzaron a caer del cielo. Con las alas hacia atrás y las cabezas ceñidas a sus pechos, los grandes pájaros grises se zambullían en el mar semejando signos de exclamación.

In moments, they reappeared, bills

A cada momento reaparecían con

overflowing with squirming fish. One pelican struggled to swallow a frantic fish. However, predator won and his prey soon showed as a big lump in the pelican's throat. The bird belched in satisfaction, revealing a rusty fish hook stuck in his pouch.

grandes cantidades de peces. Un pelícano luchaba por tragarse un pez que se defendía frenéticamente. Sin embargo, el depredador ganó y su presa pronto se mostró como un gran nudo en la garganta del pelícano. El pájaro eructó de satisfacción, revelando un anzuelo oxidado pegado en su bolsa.

The two vaquita porpoises sped towards the feeding frenzy.

Las dos vaquitas marinas nadaron rápidamente hacia el frenesí de alimentación.

Father Reynaldo talks with the ghost / El padre Reynaldo habla con el fantasma

CHAPTER 2

As Payeto and his mom feasted on fish with the pelicans, another gathering was happening in the seaside town of San Pedro.

Mientras Payeto y su mamá disfrutaban el festín de pescado con los pelícanos, otra reunión se estaba llevando a cabo en la ciudad costera de San Pedro.

Horns blaring, drums beating, the procession wound its way down the small dusty street.
Led by brightly dressed young girls, braids bouncing as they threw flowers in front of the parade, the slow moving crowd left the confines of closely packed buildings and spilled out onto the harbor promenade.

Al son de trompetas y tambores, la procesión se abría camino por la pequeña calle polvorienta.
La procesión iba liderada por chicas jóvenes arrojando flores al frente del desfile, vestidas con llamativos atuendos y meneando sus trenzas de un lado a otro. La gente se movía lentamente, saliendo de los concurridos edificios y desplazándose por el paseo del Puerto.

Standing tall and staring out at the sea from atop his gold painted platform, the statue of Saint Peter rode on the shoulders of his young, solemn faced bearers. They turned right and marched towards the rocky point.

De pie y mirando hacia el mar desde lo alto de su plataforma pintada color dorado, se veía la estatua de San Pedro, a quien sus jóvenes seguidores trasportaban en sus hombros. Giraron a la derecha y se marcharon hacia la punta rocosa.

Walking humbly behind the town's patron saint was tall, black robed Father Reynaldo, hands clasped around a well-worn bible. Under an old straw hat, his blue eyes sparkled behind gold framed spectacles and

Caminando humildemente detrás del patrón del pueblo, vestido de negro iba el Padre Reynaldo, con las manos alrededor de su gastada biblia. Bajo el viejo sombrero de paja, unos ojos azules brillaban detrás de

a small smile shone on his wrinkled face. Beside the priest walked two altar boys, wearing white tunics, one carrying a large gold cross, the other the sacrament box.

unas gafas enmarcadas en oro, y una pequeña sonrisa se revelaba en el arrugado rostro. Al lado del sacerdote caminaban dos monaguillos vestidos con túnica blanca. Uno llevaba la cruz de oro grande, y el otro la caja del sacramento.

Then came the band, dressed in their bright red school sweatshirts, the young musicians struggling to stay in step with the music.

Luego seguía la banda, vestidos con sus brillantes camisetas escolares rojas. Los jóvenes músicos luchaban por mantenerse al ritmo de la música.

Lastly surged the townspeople, men, women, scampering children, carrying flowers and offerings, young hands helping old bodies, all chattering among themselves.

Por último venía la gente del pueblo, los hombres, las mujeres y los niños correteando alrededor, todos llevando flores y ofrendas; manos jóvenes ayudando cuerpos viejos, todos conversando entre ellos.

It was the annual Celebration of the Sea, a tribute to the fisherman Saint Peter, the guiding spirit of this community. It was the day when all prayed for a good season, something that San Pedro had not seen in many years.

Era la celebración anual del Mar, un homenaje a los pescadores de San Pedro, el espíritu guía de esta comunidad. Era el día en que todos oraban por una buena temporada, algo que el pueblo no había visto en muchos años.

The saint and his followers turned away from the docks and ragged fishing fleet, inching towards the white stone lighthouse, perched atop its lofty promontory. This was the rotating beacon of light that had guided so many seamen back to safe harbor. It was here, at the base of this sentinel, that Saint Peter's statue was

El santo y sus seguidores se apartaron de los muelles y la flota pesquera, y avanzaron poco a poco hacia el blanco faro de piedra, erguido en lo alto de su noble promontorio. Este era el faro giratorio con la luz que había guiado a tantos marineros de vuelta al puerto seguro. Fue aquí, en la base de este centinela, donde la estatua de San

gently placed on an altar of stones that had been used for generations by the people of San Pedro. The talk stopped as all stared at the statue looking over them to the blue ocean beyond.

Pedro se colocó suavemente sobre un altar de piedra que se habían utilizado con ese propósito por generaciones. La conversación se detuvo cuando todos miraron a la estatua, quien a su vez miraba por encima de ellos el vasto océano azul.

Father Reynaldo slowly climbed the altar steps and stopped. Placing his hat at the statue's feet, the priest crossed himself and turned to face his flock, his long white hair blowing in the soft breeze. Looking out at the hopeful faces, he began:

Padre Reynaldo subió lentamente los escalones del altar y se detuvo. El sacerdote se persignó colocando su sombrero en los pies de la estatua y se volvió a ver a su rebaño, dejando que la suave brisa marina moviera su larga cabellera blanca. Mirando esos rostros esperanzados, comenzó a hablar:

"Holy Father, Saint Peter, we ask your blessing on this new fishing season. May our men return safely, may their nets be full, and may our people be forever grateful for the blessings of our Mother Ocean."

"Santo Padre, San Pedro, le pedimos su bendición para esta nueva temporada de pesca. Que nuestros hombres regresen con seguridad, que las redes estén llenas y que nuestro pueblo este por siempre agradecido de las bendiciones que nos brinda nuestra madre, el Océano."

Skin baked brown and small for his thirteen years, Miguelito stood between his parents, Pedro and Rosa. Next to him were the twins, his younger sisters Lupita and Maria, each holding a flower wreath. The priest's words meant little to Miguelito, but he knew the coming season was important for his family and for San Pedro. Miguelito saw Rosa cross herself and remembered her daily

Pequeño para sus trece años y de piel marrón, Miguelito se colocó entre sus padres, Pedro y Rosa. Junto a él estaban las gemelas, sus hermanas menores Lupita y María, cada una con una corona de flores. Las palabras del sacerdote significaba poco para Miguelito, pero sabía que la próxima temporada era importante para su familia y para San Pedro. Miguelito vio a Rosa persignarse y recordó sus

prayers for salvation.

As Father Reynaldo opened his ancient Bible and began reading, Miguelito looked around, searching for familiar faces in the crowd.

Off to the side, standing alone with hat in hand, Miguelito saw Rodrigo, the government man. The boy had not met Rodrigo, but Pedro had told him never to trust the government.

Closing the Bible, the priest finished and nodded at the silent faces. In small groups, the townspeople came forward and placed their offerings around Saint Peter's bare, stone feet. Flowers, plates of food, pictures of loved ones lost at sea, tributes for the blessings they hoped their patron would provide them.

Something stirred and squeaked behind Miguelito's head, and he reached up and stroked the small furry face that suddenly peeked out from his hoodie. "Shhh! Zorro," the boy said and the little monkey quieted and stared intently at the crowd.

oraciones de salvación.

Mientras que Padre Reynaldo abría su vieja Biblia y empezaba a leer, Miguelito miró a su alrededor en busca de caras conocidas entre la multitud.

A su lado, de pie a solas con el sombrero en la mano, Miguelito vio a Rodrigo, el hombre del gobierno. El muchacho no había conocido a Rodrigo, pero Pedro le había dicho que nunca confiara en el gobierno.

Al cerrar la Biblia, el sacerdote asintió con la cabeza a los rostros silenciosos. En pequeños grupos, la gente del pueblo se adelantó y colocó sus ofrendas alrededor de los pies descalzos de San Pedro.
Flores, platos de comida, fotos de los seres queridos perdidos en el mar, eran tan solo algunos de los tributos que se ofrecían a cambio de las bendiciones que se esperaban de su santo patrono.

Algo se movió y chilló detrás de la cabeza de Miguelito, y él levantó la mano y le acarició el pequeño rostro peludo que de repente emergió de la capucha de su sudadera. "Shhh! Zorro", dijo el chico y el monito se calmó y miró fijamente a la multitud.

Miguelito watched as Magda and her mother, long, silver haired Sonja, came forward. The pretty young girl winked and he shyly turned away.

Miguelito vio como se acercaban Magda y su madre Sonya, de pelo largo y plateado. La hermosa joven le guiñó un ojo y él se alegró tímidamente.

Then he saw Carlos, a heavy, mustached man swagger forward with his wife and son Jimmy. Miguelito knew his father scorned Carlos. Carlos nodded at Pedro as he passed and Pedro barely nodded back. Rosa and the two girls moved up and placed their offerings on the altar and returned. As the last couple laid their flower wreath, Father Reynaldo, raising his arms to heaven, began the benediction.

Entonces vio a Carlos, un hombre con espesos bigotes caminando altivamente delante de su esposa y de su hijo Jimmy. Miguelito sabía que su padre despreciaba a Carlos. Carlos saludó con la cabeza a Pedro al pasar y Pedro apenas asintió. Rosa y las dos niñas colocaron sus ofrendas en el altar y regresaron a su lugar. Al pasar la última pareja y poner su corona de flores, Padre Reynaldo, levantó los brazos al cielo y comenzó la bendición.

"We ask you Peter, our patron saint, our fisherman friend, to give us the wisdom and strength to do our work well, to honor our families, our community, and our sacred ocean Mother, that we may have a year of peace, prosperity and happiness. Amen."

"Le pedimos a San Pedro, nuestro patrón, nuestro amigo pescador, que nos dé la sabiduría y la fuerza para hacer nuestro trabajo bien, para honrar a nuestras familias, a nuestra comunidad y a nuestra madre el océano sagrado , para que podamos tener un año de paz, de prosperidad y de felicidad. Amén".

"Amen!" came the loud chorus from the crowd. Then they turned and began the walk back to town.

"¡Amén!", Contestó a coro la multitud. A continuación las personas se volvieron y comenzaron a caminar de regreso a la ciudad.

Kneeling alone on the altar steps, Father Reynaldo looked up at Saint

Arrodillado solo en las gradas del altar, el padre Reynaldo miró a San

Peter.

"Well, priest, do you think it will work this time?" said a voice nearby.

Father Reynaldo turned to see an old man sitting on a nearby rock. He had a big smile on his weathered face.

"What are you doing here Sanchez?" asked the priest.

Sanchez laughed, "We spirits must stick together, priest. I thought Saint Peter could use some help today."

"And what help can a ghost be?" mocked Father Reynaldo.

"Oh, you'd be surprised, priest. You'd be surprised."

Standing alone, Miguelito watched Father Reynaldo waving his arms in front of Saint Peter. It seemed the old priest was always talking to himself lately. The boy wondered if the holy man's prayers would make a difference this year.

Pedro.

"Bueno, sacerdote, ¿Cree que va a funcionar esta vez?", Dijo una voz cercana.

Padre Reynaldo se volteó para ver a un anciano sentado en una roca a pocos metros de ahí. Él esbozó una gran sonrisa en su curtido rostro.

"¿Qué estás haciendo aquí Sánchez?", Preguntó el sacerdote.

Sánchez se rió, "Nosotros los espíritus debemos mantenernos unidos, sacerdote. Pensé que San Pedro podría necesitar algo de ayuda hoy".

"¿Y de qué ayuda puede ser un fantasma?" Se burló Padre Reynaldo.

"Oh, usted se sorprendería sacerdote. Usted se sorprendería".

Parado solo, Miguelito observaba al Padre Reynaldo levantar los brazos delante de San Pedro. Parecía que el anciano sacerdote hablaba mucho solo últimamente. El muchacho se preguntó si las oraciones del santo hombre harían una diferencia este año.

CHAPTER 3

At the kitchen counter, Rosa scooped steaming pieces of fish on tortillas, then added slices of fresh onion and tomato. Finally, she poured on salsa and sprinkled cilantro on top. Finished, she began folding the tortillas in half. She loved cooking and she knew Pedro loved her fish tacos. This was a special meal for a special day.

"No! it's my turn!" yelled a young voice.

"It is not!" cried another.

Rosa turned to see Lupita and Maria fighting over a small jar. Quickly she reached over and snatched the jar from the struggling twins, who stopped in startled surprise.

"No, girls, it's mine," said their mother, "and until you learn to cooperate, I'm going to keep it."

"But who's going to feed Goldie?" asked Maria.

"I guess I will," said Rosa, setting

En la mesada de la cocina Rosa tomó unos trozos de pescado y los colocó en tortillas, luego añadió rebanadas de cebolla y tomate fresco. Por último, vertió la salsa y espolvoreó el cilantro por encima. Para finalizar, dobló las tortillas a la mitad. Disfrutaba de cocinar y ella sabía que a Pedro le encantaban sus tacos de pescado. Esta era una comida especial para un día especial.

"¡No! es mi turno!", gritó una voz joven.

"No lo es!", Gritó otra.

Rosa se volteó para ver a Lupita y María peleándose por un pequeño frasco. Rápidamente se acercó y quitó el frasco de manos de las gemelas, quienes dejaron de pelear sorprendidas.

"No, niñas, es mío", dijo su madre, " voy a quedarme con él, hasta que aprendan a cooperar."

"Pero, ¿quién va a alimentar a Goldie?", Preguntó María.

"Supongo que yo lo haré", dijo

the jar of fish food next to the large glass bowl resting on the end of the counter. Inside, Goldie, the pet goldfish, swam peacefully, unbothered by the kitchen chaos.

Rosa, poniendo el tarro de alimento para peces junto a la pecera de vidrio apoyada en el extremo de la mesada. En su interior, Goldie, el pez mascota, nadaba pacíficamente sin ser molestado por el caos de la cocina.

Lupita sat at the dining table and dropped her head onto her folded arms.

Lupita se sentó en la mesa y dejó caer la cabeza sobre los brazos cruzados.

"Why do we bother feeding Goldie when she's just going to end up in fish tacos?" she said.
Maria sat next to her sister and both looked at Rosa expectantly.

"¿Por qué nos molestamos en alimentar a Goldie si sabemos que va a terminar en los tacos de pescado?", Dijo.
María se sentó junto a su hermana y ambas miraron a Rosa con expectación.

"Where do you think our food comes from, girls?" their mother asked.

"¿Niñas, de dónde creen que viene nuestra comida?", Preguntó su madre.

"From farms," said Maria.

"De las granjas", dijo María.

"From the ocean," said Lupita.

"De el océano", dijo Lupita.

"Yes, you're both right. Sometimes we eat plants and sometimes animals, but we always treat what we eat with respect," said Rosa. "We treat all living things with respect, and this includes people. Now, you two think of how you can cooperate with each other to feed Goldie. And don't worry, she's not going to be in fish tacos anytime soon."

"Sí, las dos tienen razón. A veces comemos las plantas y a veces los animales, pero siempre tratamos lo que comemos con respeto", dijo Rosa. "Tratamos a todos los seres vivientes con respeto, y esto incluye a las personas. Ahora, ustedes dos piensen en cómo pueden cooperar entre sí para alimentar a Goldie. Y no te preocupes que no va a estar en los tacos de pescado a corto plazo".

There were footsteps on the porch and all turned to see Pedro and Miguelito enter through the open doorway. The girls jumped up and ran to their father. Pedro scooped them up in his arms, smothering their giggling faces in kisses.

Se oyeron pasos en el porche y todas voltearon para ver a Pedro y a Miguelito entrar por la puerta. Las chicas se levantaron y corrieron hacia su padre. Pedro las tomó en sus brazos, llenando sus caras risueñas de besos.

"Did you get the things you needed?" asked Rosa.

"¿Conseguiste lo que necesitabas?", Preguntó Rosa.

"Yes, Mama," answered Miguelito, setting a large bag next to the door.

"Sí, mamá", respondió Miguelito, colocando una bolsa grande al lado de la puerta.

"Yes we did," added Pedro, dropping his girls onto the floor, "but Alberto will like me more when I return with cash."

"Sí, lo hicimos", añadió Pedro, bajando a sus hijas al suelo", pero a Alberto le caeré mejor cuando yo regrese con dinero en efectivo."

He walked over and hugged Rosa, then pointed his nose at the counter. "I smell fish tacos," he said in delight.

Se acercó y abrazó a Rosa, y luego apuntó con la nariz hacia la mesada. "Huelo tacos de pescado", dijo con satisfacción.

Rosa looked up at her husband. "Yes, and if you boys wash up, I'll let you eat them," she said playfully.

Rosa miró a su marido. "Sí, y si ustedes muchachos se van a lavar las manos, voy a dejarlos comer", dijo en broma.

Without another word, father and son disappeared into the bathroom.

Sin decir una palabra mas, padre y el hijo desaparecieron en dirección al baño.

Soon the family was seated at the dining table watching Rosa place her famous fish tacos in front of them. Then she put a taco in a small bowl

Pronto la familia estaba sentada en la mesa del comedor viendo a Rosa poner sus famosos tacos de pescado

and took it over to the altar in the corner. This was a small table covered with black fabric. In the center was a large wooden cross surrounded by statues of saints and candles. Hung to one side of the cross was a picture of Saint Peter. On the other side was the picture of an old man. On the bottom of the frame was a name. Grandfather Sanchez.

Rosa always fed the ancestors and saints before each meal and the family watched as she crossed herself and returned to the table.

Pedro nodded at Miguelito, who bowed his head and said Grace. "Holy Father, thank you for this meal, for our many blessings, and for granting us a great night's fishing. Amen."

"Amen," answered the family, and Miguelito looked up to see his father smiling at him. It was good to see Papa happy again, thought the boy. The off season had been hard and money short. His father had often been angry. Now, he and Papa would go fishing again and times would be good.

Miguelito took a taco, passed the plate to his mother, and studied her face.

frente a ellos. Su madre puso un taco en un tazón pequeño y lo colocó en una esquina del altar. El altar estaba conformado por una mesita cubierta de tela negra. En el centro había una gran cruz de madera rodeada de estatuas de santos y velas. Colgando a un lado de la cruz estaba una imagen de San Pedro. En el otro lado, estaba la imagen de un anciano. En la parte inferior del marco había un nombre: Abuelo Sánchez.

Rosa siempre alimentaba a sus antepasados y a los santos antes de cada comida. La familia vio como se persignó y regresó a la mesa.

Pedro asintió a Miguelito, quien inclinó la cabeza y dijo con gracia. "Santo Padre, gracias por esta comida, por tantas bendiciones, y por concedernos la pesca de esta noche. Amén".

"Amén", contestó la familia, y Miguelito levantó la vista para ver a su padre con una sonrisa. Es bueno ver a papá feliz de nuevo, pensó el muchacho. La pretemporada ha sido dura y el dinero escaso. Su padre había estado enfadado a menudo, pero ahora, él y su padre irían a pescar otra vez y esto era muy bueno.

Miguelito tomó un taco, pasó el plato a su madre, y estudió su rostro. Mamá

Mama was a small woman whose strength was not obvious. With her long black hair in a simple braid hanging behind her, she had the face of an angel, always peaceful, always with a slight smile.

Strong shoulders hunched around his plate, Pedro took a final bite of taco, smacked his lips, and spoke, "Delicious! You are the best Mama!"

Then he turned to Miguelito with a big smile under his bushy mustache. "Eat up son! There will be much work bringing in fish tonight."

Miguelito cut his taco in half. Until now a silent spectator on the boy's shoulder, Zorro suddenly jumped down, snatched half a taco, and scampered towards the altar. The little monkey thief leapt onto a chair and squeaked in delight, holding his stolen snack up in triumph.

Pedro laughed, "The little devil, he's nothing but a nuisance."

Zorro, flashing his teeth in apparent agreement, munched on his taco. The twins, busy feeding their rag dolls, looked up and wagged their fingers at the naughty monkey.

era una mujer pequeña cuya fuerza no era evidente. Con su largo pelo negro en una sencilla trenza colgando detrás de ella, tenía el rostro de un ángel, siempre pacífica, siempre con una ligera sonrisa.

Con los hombros fuertes encorvados alrededor de su plato, Pedro dio un mordisco final al taco, se lamió los labios, y dijo, "Delicioso! Tú eres la mejor cariño! "

Luego volteó a ver a Miguelito con una gran sonrisa bajo el bigote espeso. "Come, hijo! Habrá mucho trabajo con los peces esta noche".

Miguelito cortó el taco a la mitad. Un espectador silencioso apareció por el hombro del muchacho. De repente Zorro saltó, le arrebató la mitad del taco y corrió hacia el altar. El pequeño monito ladrón saltó sobre una silla y chilló de alegría como una señal de triunfo, celebrando su bocado robado.

Pedro se echó a reír, "Pequeño diablito, no eres nada más que una molestia."

Zorro, mostrando sus dientes en aparente acuerdo, masticó su taco. Las gemelas, quienes estaban ocupadas alimentando a sus muñecas de trapo, levantaron la vista y le movieron sus dedos al mono travieso.

"But such a playful nuisance, and he keeps us laughing," said Rosa rising and going over to the altar to light the candles.

"Pero esa molestia juguetona siempre nos hace reír", dijo Rosa levantándose y yendo hacia el altar para encender las velas.

Zorro reached over and put his remaining taco in the offering bowl, flashing his mischievous smile again.

Zorro se acercó y puso el resto de su taco en el tazón de las ofrendas, mostrando su traviesa sonrisa nuevamente.

Rosa laughed, "and the little rascal is religious too."

Rosa se echó a reír, "el pequeño bribón es religioso también!."

Not hearing this compliment, Zorro was looking at the chair on the other side of the altar. There sat Grandfather Sanchez, grinning in amusement. Zorro cheeped at the ghost and Sanchez held up a finger to his mouth for the monkey to be quiet, although only Zorro could see the ghost.

Sin prestar atención al cumplido, Zorro miró a la silla a un lado del altar. Allí estaba el abuelo Sánchez con una divertida sonrisa. Zorro vio al fantasma y Sánchez levantó un dedo a la boca en señal de que hiciera silencio, aunque sólo Zorro pudiera ver al fantasma.

Miguelito, watching his pet's antics, heard the strange music that occasionally played in his head. He wondered where it came from, but for now it didn't matter. Everyone was happy and he was going fishing with his Papa.

Miguelito, viendo las travesuras de su mascota, oyó la extraña música que de vez en cuando estaba en su cabeza. Se preguntó de dónde vendría, aunque por ahora eso no importaba. Todo el mundo estaba feliz y él iba a pescar con su papá.

Pedro was already up, reaching for their jackets by the door. "It's time Miguelito," he said handing the boy his coat. Rosa gave Miguelito a basket. "Take these tacos for later when your stomachs start talking to you," she

Pedro ya se había levantado, agarró sus chaquetas, las cuales estaban en la puerta y dijo "Es hora de irnos Miguelito", dijo entregándole al chico su abrigo. Rosa le dio a Miguelito una cesta. "Toma estos tacos para

said, hugging her son.

más tarde, cuando sus estómagos empiecen a hablar con ustedes", le dijo abrazando a su hijo.

She kissed Pedro, then father and son went out the door. Zorro scurried past Rosa and jumped onto Miguelito's shoulder.

Besó a Pedro y a continuación, padre e hijo salieron por la puerta. Zorro pasó corriendo al lado de Rosa y saltó sobre el hombro de Miguelito.

Grandfather Sanchez, hands in pockets and smiling under his straw hat, followed the two fishermen down the street as Rosa and the twins waved from the doorway.

El abuelo Sánchez, con las manos en los bolsillos y sonriendo bajo su sombrero de paja, siguió a los dos pescadores calle abajo mientras Rosa y las gemelas de despedían desde la puerta.

A gust of wind blew the altar candles out.

Una ráfaga de viento apagó las velas del altar.

CHAPTER 4

The long shadows of the evening sun stretched in front of them as Pedro and Miguelito walked onto the dock.

Las largas sombras del sol de la tarde se extendían delante de ellos mientras Pedro y Miguelito caminaban hacia el muelle.

The boats were a beehive of activity. After months in harbor, the men could now go fishing. It was a worn fleet, all boats except one in need of new paint, but there was pride in every face they passed, for these boats and their crews had been fishing for generations. This was their life.

Los barcos parecían un enjambre de abejas en actividad. Después de meses en el puerto, los hombres ahora podrían por fin salir a pescar. Era una flota vieja y desgastada. Todos los barcos estaban venidos a menos, excepto uno, que sobresalía por su reluciente y brillante pintura. Pero más allá de eso había orgullo en todos los rostros que caminaban hacia los barcos ya que sus tripulaciones habían estado pescando durante generaciones. Esto era su vida.

"Pedro!" boomed a voice nearby. "Maybe you're not as dumb as you look!"

"Pedro!" Resonó una voz cercana. "Tal vez no eres tan tonto como te ves!"

Father and son turned. On the deck of the *Angelita*, sorting his net, they saw Viktor, a large man with a beaming smile long missing two front teeth.

Padre e hijo voltearon a ver. En la cubierta de la Angelita, ordenando su red, vieron a Victor, un hombre alto con una radiante sonrisa a quien le faltaban dos dientes delanteros.

Zorro emerged atop Miguelito's hat, cheeping and clapping his hands in excitement.

Zorro apareció en lo alto del sombrero de Miguelito, chillando y aplaudiendo con entusiasmo.

"Aha!" cried Viktor. "Now I know you're at least a bit smart amigo. You're taking the little bandit and Miguelito. That's two good luck charms."

"¡Ajá!", Exclamó Victor. "Ahora sé que eres al menos un poco inteligente amigo. Tú estás llevándote al pequeño bandido y a Miguelito. Ellos son tus amuletos de la buena suerte".

Pedro laughed, putting his arm around Miguelito. "Let's hope so Viktor. We could all use some luck tonight."

Pedro se echó a reír, poniendo su brazo alrededor de Miguelito. "Esperemos que así sea Victor. Todos podríamos usar algo de suerte esta noche".

"And so it will be, my friend," replied Viktor, "fish well!"

"Y así será, mi amigo", respondió Victor, "buena pesca!"

"You too amigo," answered Pedro, waving and moving on. He and Miguelito stopped and talked with other fishermen until they came to the back of an old, weathered boat. Across the stern, in bright white letters, was painted *Santa Rosa.*

"Para ti también amigo," respondió Pedro, despidiéndose y continuando su camino. Él y Miguelito se detuvieron y hablaron con otros pescadores hasta que llegaron a la parte trasera de un viejo y desgastado barco. Al otro lado de la popa, en letras blancas brillantes, se leía pintado "Santa Rosa".

"Diablo!" shouted an angry voice from below. "You worthless pile of bird poop! I'm going to yank you out and throw you to Davey Jones! See how you like being eaten by barnacles!"

"Diablo!" Gritó una voz airada desde abajo. "Tú, inútil pila de caca de pájaro! Voy a jalarte y tirarte con Davey Jones! Mientras miro como eres comido por los percebes! "

Miguelito, with Zorro holding on to his head, peeked down into the *Santa Rosa.* He saw a greasy shirt covering a broad back and a pile of tangled hair under a faded baseball cap.

Miguelito, con Zorro trepado en su cabeza, miró hacia abajo del "Santa Rosa". Ahí vio una ancha espalda cubierta por una camisa grasienta y un montón de pelo enredado bajo una gorra de béisbol descolorida.

Pepé was having another spat with Esmeralda, his mechanical nemesis.

Pepe estaba teniendo otra disputa con Esmeralda, el motor del barco, a quien llamaba su "adversaria".

"Hola, Pepé," called Miguelito.

"Hola, Pepe," dijo Miguelito.

No response, instead Pepé booted the silent engine with a loud "Curse you!"

No hubo respuesta. En su lugar, Pepe le dio un puntapié al silencioso motor al tiempo que gruñó nuevamente "maldición!"

Nothing.

Nada.

The irate mechanic raised his arms and looked to Heaven, pleading, "Holy Father, I will say fifty Hail Mary's if you bring the dead back to life."

El mecánico furioso levantó sus brazos y miró al cielo, suplicando: "Santo Padre, voy a decir cincuenta Avemarías si la traes de la muerte a la vida."

There was a cough, sputter, then a low rumble, and with a cloud of black smoke belching out the back of the *Santa Rosa*, Esmeralda rejoined the living.

Hubo una tos, pulverizaciones, luego un ruido sordo, y una nube de humo negro que fue eructada hacia fuera de la parte posterior del Santa Rosa. Esmeralda se reincorporó a la vida.

Wiping his greasy hands on his pants, Pepé gazed skyward. "Gracias Holy Father, I'll say fifty Hail Mary's," he said, then muttered, "someday."

Limpiándose las manos grasientas en los pantalones, Pepe miró hacia el cielo. "Gracias Santo Padre, diré las cincuenta Avemarías", dijo, y luego murmuró, "algún día".

Pepe' climbed up from the hold and turned to see Miguelito and Zorro staring at him. Immediately, he flashed a huge grin. Unlike Viktor, Pepé's teeth were perfect and his smile was dazzling.

Pepe subió de la bodega y se volteó para ver a Miguelito y a Zorro, quienes estaban a su vez mirándolo. Inmediatamente les sonrió ampliamente. A diferencia de Victor, los dientes de Pepe eran perfectos y su sonrisa era deslumbrante.

"Amigos! We're going fishing again! It will be a great night for us!" he sang out, throwing his arms out in welcome.

"Amigos! Vamos a ir a pescar otra vez! Será una gran noche para nosotros!" Canto, lanzando sus brazos en señal de bienvenida.

"It will be a long night for you, Pepé, with that beater engine, you'll be paddling back to harbor," said a loud voice up on the dock.

"Va a ser una larga noche para usted, Pepe, con ese motor viejo, usted tendrá que remar de regreso al puerto", dijo una voz fuerte en el muelle.

Miguelito turned to see Carlos with Jimmy, his son, standing shyly behind him.

Miguelito se volteó para ver a Carlos con Jimmy, su hijo, quien estaba parado tímidamente detrás de él.

"Good luck, you'll need it," Carlos smirked. Then he headed to the end of the dock. For a moment, Miguelito and Jimmy looked at each other, then Jimmy slowly followed his father. Jimmy always looked sad, thought Miguelito. And he wondered why their boat, the *Conquistador*, was so bright and new, unlike the other old boats in the fleet.

"Buena suerte, la vas a necesitar", Carlos sonrió. Luego se dirigió al final del muelle. Por un momento, Miguelito y Jimmy se miraron el uno al otro, entonces Jimmy siguió lentamente a su padre. Jimmy siempre se veía triste, pensó Miguelito. Y se preguntó por qué su barco, el Conquistador, era tan brillante y nuevo, a diferencia de los otros barcos viejos de la flota.

"Miguelito, did you come to sight see or fish?" scowled Pedro, snapping the boy back to life. Miguelito took Pepé's hand and climbed down into the *Santa Rosa*. Zorro jumped onto the deck and scampered to the wheelhouse.

"Miguelito, ¿Has venido a hacer turismo o a pescar?" Le dijo Pedro, haciéndolo reaccionar. Miguelito tomó la mano de Pepe y bajó al Santa Rosa. Zorro saltó a la cubierta y corrió a la cabina de mando.

Smiling again, Pedro patted his son on the back and said, "Let's go fishing!"

Sonriendo de nuevo Pedro dio una palmadita a su hijo en la espalda y dijo: "Vamos a pescar!"

Esmeralda coughed, sputtered, and then began to purr as Pepé nursed the engine into service. Lines cast off, goodbyes waved, the San Pedro fleet set to sea once more.

From his flower and food covered perch beneath Lighthouse Point, a silent statue gazed at the departing fleet. Beside him sat a quiet ghost. Spirit and saint watched as a new generation of fishermen sought sustenance for their community.

Esmeralda tosió, escupió, y luego comenzó a ronronear. El motor estaba en funcionamiento. Desamarraron el bote, se despidieron y la flota de San Pedro se lanzó al mar una vez más.

Desde un pedestal de flores, debajo del faro, una estatua silenciosa contemplaba partir la flota. A su lado estaba sentado un fantasma. El espíritu y el santo observaban como una nueva generación de pescadores buscaban sustento para su comunidad.

Payeto meets Old One / Payeto conoce a Old One

CHAPTER 5

Farther out in the Gulf, Payeto was also looking for sustenance, although he seemed to be more interested in playing with fish than eating them.

Más lejos en el Golfo, Payeto también buscaba alimento, aunque parecía estar más interesado en jugar con los peces que comérselos.

The wall of shimmering scales flashed silver, then white, as the school of frightened fish swam in erratic unison, attempting to escape the charging young porpoise. Suddenly the wall exploded into thousands of frantic fins as a grey bullet shot through its center.

Una pared de escamas plateadas brillantes que luego se tornaron blancas, nadaban en armonía errática tratando de escapar de la joven vaquita marina. De repente, la pared estalló en miles de aletas frenéticas al tiempo que una bala gris la atravesaba.

"Wahoo!" yelled Payeto, turning in a swirl of bubbles to witness the chaos he'd created.

"Wahoo!" Gritó Payeto girando en un remolino de burbujas, presenciando el caos que había creado.

"Payeto!" spoke his mom sharply, "show some respect for your neighbors."

"Payeto!" Gritó su mamá bruscamente, "Muestra algo de respeto por tus vecinos."

"But I just wanted to play," said the scolded porpoise. Then he darted in front and turned to face his mom.

"Pero yo sólo quería jugar", dijo la marsopa sintiéndose regañado. Luego se lanzó hacia el frente y se volteó para ver a su madre.

"Who can I play with?" he asked. "Where are the rest of us?"

"¿Con quién puedo jugar?, Preguntó. "¿Dónde está el resto de nosotros?"

"There aren't many of us left," she replied.

"No quedan muchos de nosotros", respondió ella.

"Why? What happened?"

"Many vaquita have been caught by fishermen," his mother answered.

"But we're not fish," said Payeto.

"No we're not, but that doesn't keep us from being caught," she said as the two swam near the surface.

"Watch out!"

Paying no attention to where he was going, Payeto was suddenly surrounded by dozens of big clear blobs trailing hundreds of long, tiny strings.

"Ouch!" yelled Payeto as one of the strings swept across his eye.

"Careful Payeto, these are jellyfish, and their tentacles are poisonous," his mom warned.

Now painfully cautious, Payeto followed his mother as she slowly proceeded.

Then he heard a strange sound. Strange, but familiar. His mind had an amazing ability to remember what he'd heard. There it was again, louder

"¿Por qué? ¿Que pasó?"

"Muchas vaquitas marinas han sido capturadas por los pescadores", respondió su madre.

"Pero no somos peces", dijo Payeto.

"No, no lo somos, pero eso no nos impide que seamos atrapados", dijo mientras los dos nadaban cerca de la superficie.

"¡Cuidado!"

Sin prestar atención hacia a donde iba, Payeto se encontró rodeado repentinamente por docenas de grandes formas gelatinosas claras que arrastraban cientos de largos hilos delgados.

"¡Ay!", Gritó Payeto cuando uno de los hilos pasó por su ojo.

"Ten cuidado Payeto, estas son las medusas, y sus tentáculos son venenosos," su mamá le advirtió.

Ahora dolorosamente cauteloso, Payeto siguió a su madre mientras ella proseguía lentamente su camino.

Entonces oyó un sonido extraño. Era extraño pero familiar. Su mente tenía una capacidad asombrosa para recordar lo que había oído. Allí estaba

now.

A voice was singing. "There's nothing I'd rather eat, than slippery, slimy jellyfish treats."

Now his mother stopped. Both porpoises heard a slow, happy voice, but all they could see were jellyfish.

The song continued, "oh, there's nothing quite so sweet, as slippery, slimy jellyfish treats."

Still, all Payeto could see were menacing, poisonous stingers.

Again, the song, "there's nothing that can beat those slippery, slimy jellyfish treats."

Then Payeto saw the moving mountain of barnacles and sea grass. It was the sea turtle. He was swimming lazily, long front legs pulling him through the jellyfish armada. Eyes closed, the turtle slurped up a gelatinous glob with all its tentacles, smiled, then started to sing again.

"I love to suck those strings of feet, slippery, slimy jellyfish treats."

otra vez, más fuerte ahora.

Una voz cantaba. "No hay nada más que prefiera comer que resbaladizas, dulces y viscosas medusas."

Ahora su madre se detuvo. Ambas marsopas oyeron una feliz voz que hablaba lentamente, sin embargo, todo lo que podían ver eran medusas.

La canción continuó, "oh, no hay nada tan dulce, tan resbaladizo, como las viscosas medusas."

Aún así, todo lo que Payeto podía ver eran amenazantes aguijones venenosos.

Una vez más, sonó la canción, "no hay nada que pueda vencer esas resbaladizas, dulces y viscosas medusas."

Entonces Payeto vio una montaña en movimiento de percebes y algas marinas. Era la tortuga marina una vez mas. Estaba nadando perezosamente, con sus largas patas delanteras tirando de ella a través de la armada de medusas. Con los ojos cerrados, la tortuga sorbió una medusa gelatinosa con tentáculos incluidos, sonrió y luego comenzó a cantar de nuevo.

"Me encanta chupar los pies de tentáculos resbaladizos y viscosos de las medusas."

"Hello!" said a curious Payeto, now stopped in front of the turtle's head.

"¡Hola!", Dijo un curioso Payeto que ahora se detuvo frente a la cabeza de la tortuga.

"Burp!"

"¡Burp!"

A large bubble escaped from the turtle and rose to the surface. Dozens of dangling jellyfish tentacles suddenly disappeared inside the turtle's mouth. An eye opened on the side of the huge head.

Una gran burbuja escapó de la boca de la tortuga y se elevó a la superficie. Decenas de tentáculos de medusa que le colgaban, de repente desaparecieron dentro de su boca. Un ojo se abrió a un lado de la enorme cabeza.

"It's you again," growled the turtle. "Junior, haven't you got anything better to do than disrespecting your elders?"

"Eres tú de nuevo," gruñó la tortuga. "Junior, ¿No tienes nada mejor que hacer que faltarle el respeto a tus mayores?"

"Oops! Sorry," said Payeto.

"Oops! Lo siento", dijo Payeto.

"That's what you said last time," said the turtle.

"Eso es lo que dijiste la última vez", dijo la tortuga.

"He's just a boy sir, I'm sure he won't do it again," added Payeto's mother, swimming alongside her son.

"Discúlpelo, es sólo un niño, señor, estoy segura de que no va a volver a hacerlo", añadió la madre de Payeto nadando junto a su hijo.

"Hrrummpf," grunted the turtle.

"Hrrummpf," gruñó la tortuga.

"I'm Payeto, what's your name?"

"Soy Payeto, ¿Cuál es su nombre?"

The turtle turned to put both eyes on his visitors, his giant crusty shell dwarfing the porpoises. After a moment, he spoke, "Old One, I'm called Old One."

La tortuga se volvió y miró fijamente a sus dos visitantes, su enorme caparazón crujiente intimidó a las marsopas. Después de un momento, él dijo, "Viejo, mi nombre es Viejo".

"Really? How old are you?" asked Payeto.

"Old enough to know you've interrupted a perfectly fine meal," answered the crotchety turtle.

"Let's go," his mother urged, "Old One doesn't want to be bothered."

"But have you seen any more porpoises like us?" Payeto asked.

Old One looked at the two black masked porpoises in front of him. "You're vaquitas aren't you?"

"Yes we are," said Payeto.

"You're the first I've seen in a long while," Old One replied. "There used to be a lot of you, but no more."

"Why? What happened to us?" asked Payeto.

"People," grunted Old One, then turned to resume eating. "People," he mumbled, then began slurping another jellyfish.

Old One gasped and began to choke. His jellyfish delicacy was a plastic garbage bag that now covered his head. Payeto grabbed the false food in

"¿De Verdad? ¿Cuántos años tiene?" Preguntó Payeto.

"La edad suficiente para saber que has interrumpido una buena comida", respondió la tortuga cascarrabias.

"Vámonos", su madre insistió, "Viejo no quiere ser molestado."

"Pero ¿Has visto alguna otra marsopa como nosotros?", Preguntó Payeto.

Viejo miró a las dos marsopas con manchas negras en los ojos que estaban frente a él. "¿Ustedes son vaquitas, no?"

"Sí que los somos", dijo Payeto.

"Tú eres el primero que he visto en mucho tiempo," Viejo respondió. "Solía haber muchos de ustedes, pero ya no hay más."

"¿Por qué? ¿Qué nos pasó?", Preguntó Payeto.

"La gente", gruñó Viejo, quien luego se volteó para seguir comiendo. "La gente", murmuró, comenzando a sorber otra medusa.

Viejo abrió la boca y comenzó a ahogarse. Su delicada medusa no era más que una bolsa de basura de plástico que ahora le cubría la cabeza.

his mouth and pulled it off the turtle's face.

Old One coughed bubbles several times, then looked at his savior. "Phewww!" he coughed again, "those things taste terrible."

"What is it?" asked Payeto watching the strange white shape drift away.

"Garbage!" said Old One angrily.

"Garbage? Where does it come from?"

"People!" was the answer. "People," said Old One and he turned and carefully slurped a real jellyfish.

Not having a taste for jellyfish treats, Payeto and his mom swam away.

Payeto agarró la falsa comida con su boca y la quitó de la cara de la tortuga.

Viejo tosió burbujas varias veces, y luego miró a su salvador. "Phewww!" Tosió de nuevo, "esas cosas tienen un sabor terrible."

"¿Qué es?", Preguntó Payeto viendo como la extraña forma blanca se alejaba.

"¡Basura!", Dijo el Anciano enojado.

"¡Basura? ¿De dónde viene eso?"

"De la gente!", Fue la respuesta. "La gente", dijo el Viejo y él se volteó y sorbió con cuidado una medusa real.

A falta de gusto por los dulces de medusas, Payeto y su mamá se alejaron nadando.

CHAPTER 6

On the rear deck, Miguelito grabbed the side rail of the *Santa Rosa* to steady himself. It was a cloudy night, with the moon occasionally peeking through as the boat rocked violently in the lumpy seas. Opposite him, Pepé smiled at the boy, yelling, "this time luck will be with us Miguelito!"

En la cubierta trasera del Santa Rosa, Miguelito se agarró del carril lateral del barco para mantener el equilibrio. Era una noche nublada, la luna apenas podía verse y el barco se movía violentamente en el mar. Pepe miró al niño frente a él y le sonrió gritando, "esta vez la suerte estará con nosotros Miguelito!"

Between them stretched the net, falling off behind the boat, a line of bobbing floats the only sign of the trap being closed beneath the waves. This was the third set of the night, the first two bringing only a few fish, nothing close to what had been hoped for.

Entre ellos se extendía la red que caía detrás del barco, una línea de flotadores era la única evidencia de la trampa que se escondida bajo las olas. Esta era la tercer red de la noche. Con las dos primeras, sólo se habían recogido unos pocos peces, nada cercano a lo esperado.

Above the deck, in the small pilothouse, Pedro spun the wheel quickly to turn the *Santa Rosa* into a large wave. It was work keeping the boat steady while the net was being placed, but he smiled thinking of the many hours his father, Sanchez, had spent guiding his hands on the wheel, teaching him to feel the waves and wind, to anticipate the big ones, doing the dance with Mother Ocean. Yes, he missed the old man.

Por encima de la cubierta, en la pequeña timonera, Pedro giró rápidamente el volante del Santa Rosa en una gran ola. Era mucho trabajo mantener la embarcación estable mientras se colocaba la red, pero sonrió pensando en las muchas horas que su padre, Sánchez había pasado guiando sus manos en el volante, enseñándole a sentir las olas y el viento, anticipándose a las más grandes, bailando con el Océano. Sí, él extrañaba al anciano.

Pedro turned to look back, as clouds parted and a full moon lit the deck. There was his son, Miguelito, small but strong. He's a good boy, thought Pedro proudly. And, there was his old friend, Pepé, always smiling, looking up and waving. Pedro waved back.

Pedro se volteó para mirar hacia atrás mientras las nubes se abrieron y una luna llena iluminó la cubierta. Allí estaba su hijo, Miguelito, pequeño pero fuerte. Él es un buen chico, pensó Pedro orgulloso. Y allí estaba su viejo amigo, Pepe, siempre sonriente, mirando y saludando. Pedro le devolvió el saludo.

Time to bring in the net, Pedro thought, please God, let it be full of fish. He reached through the open window and threw the winch lever. The motor rumbled and the big drum began to turn. The net was coming in.

Es hora de recoger la red, pensó Pedro, por favor Dios, que este llena de peces. A través de la ventana abierta jaló la palanca del cabrestante. El motor rugió y el gran tambor empezó a girar. La red estaba entrando.

Something moved in the box by the open window. Pedro watched as Zorro's head emerged from a blanket and peeked out at the deck below.

Algo se movía en la caja junto a la ventana abierta. Pedro vio que la cabeza de Zorro aparecía entre una manta y se asomaba a la cubierta inferior.

"Well, my little friend, let's hope we do better this time," said Pedro. He scowled, reminded that so far tonight they had barely caught enough to feed the family, and not nearly what was needed to make next week's bank payment on the *Santa Rosa*.

"Bueno, mi pequeño amigo, esperemos que esta vez sea mejor", dijo Pedro. Guiño el ojo y recordó que hasta el momento, en esa noche apenas habían cogido suficientes peces para alimentar a la familia, y que tampoco era suficiente para hacer el pago en el banco por el Santa Rosa de la próxima semana.

Then his eyes were drawn back to Pepé who was holding a large fish over his head with a huge smile

Entonces sus ojos se dirigieron de vuelta a Pepe quien estaba sosteniendo un pez grande por la cabeza, con una

lighting up his face.

enorme sonrisa iluminando su rostro.

Pedro grinned and waved back. "Well, Zorro, perhaps our luck is changing."

Pedro sonrió y le devolvió el saludo. "Bueno Zorro, tal vez nuestra suerte esté cambiando."

Zorro chirped and bared his teeth in agreement.

Zorro hizo un chillido y enseñó los dientes en señal de acuerdo.

On deck, an excited Pepé showed the large fish to Miguelito, "It's a good sign, little fisherman. Saint Peter is with us tonight."

En la cubierta, un Pepe emocionado le mostró el gran pez a Miguelito, "Es una buena señal pequeño pescador. San Pedro está con nosotros esta noche".

Then, Pepé tossed the fish back into the water, saying, "Thank you Mother Ocean for your continued blessings." He turned back to see Miguelito's astonished face. Between them, the incoming net was full of flopping fish.

Entonces, Pepe arrojó el pez al agua diciendo: "Gracias Océano por tus continuas bendiciones." Se dio la vuelta para ver la cara atónita de Miguelito. Entre ellos, la red estaba llena de peces.

CHAPTER 7

Payeto was asleep, or at least as asleep as a porpoise could be. Half of his brain rested and one eye was closed while the other half and eye stayed active as he trailed behind his mother's tail. Unlike human breathing which is reflexive and involuntary, porpoise breathing is voluntary. Porpoises can never truly sleep or they would stop breathing and drown. They have adapted by learning to let only half their brain rest at a time. The other half maintains breathing and responds to sudden changes in the world around them.

Payeto estaba dormido, o por lo menos tan dormido como una marsopa podía estarlo. La mitad de su cerebro descansaba con un ojo cerrado mientras que la otra mitad y el otro ojo estaban activos mientras se arrastraba detrás de la cola de su madre. A diferencia de la respiración humana que es reflexiva e involuntaria, la respiración de la marsopa es voluntaria. Las marsopas nunca pueden realmente dormir o dejarían de respirar y se ahogarían. Se han adaptado y aprendieron a dejar sólo la mitad de su cerebro descansando a la vez. La otra mitad mantiene la respiración y responde a los cambios repentinos del mundo que los rodea.

In this state, Payeto, not really awake but not really asleep, surfaced with his mother to breathe. His one open eye barely noticed the bright moonlight bouncing off the tops of the waves.

En este estado, ni despierto ni completamente dormido, Payeto salió a la superficie con su madre para respirar. Su único ojo abierto apenas se dio cuenta de la brillante luz de la luna resplandeciente y rebotando en las cima de las olas.

His mother was the only vaquita Payeto had known. When first born, she showed him how to follow in the slipstream of her wake to save energy. This was when he rested. She'd taught

Su madre era la única vaquita que Payeto había conocido. Cuando nació, lo primero que ella le enseñó fue a seguir la corriente de agua que ella dejaba para ahorrar energía. Así era

him how to swim fast, how to use his fins for quick turns, and how to throw himself in the air, to fly while watching the world above water. Then she'd taught him to listen, to pay attention to all the underwater sounds, and how to tell the differences.

como él descansaba. Ella le había enseñado a nadar rápido y a usar sus aletas para dar vueltas rápidamente. Le había enseñado cómo lanzarse en el aire y volar mientras veía el mundo por encima del agua. También le enseñó a escuchar y prestar atención a todos los sonidos bajo el agua reconociendo las diferencias.

He recognized the unique vibrations of small and big fish, of fast and slow moving objects. He was also learning to use echolocation, sending out his own high pitched sounds to bounce off things and locate them. Although Payeto had no ears, he sensed even the slightest vibrations through a special part of his jaw.

Él reconocía las vibraciones únicas de los pequeños y grandes peces, de objetos en movimiento rápido y lento. Él también estaba aprendiendo a usar la ecolocalización, al enviar sus propios sonidos altos y agudos para rebotar en las objetos y poder localizarlos. Aunque Payeto no tenía oídos, él sentía incluso las más mínimas vibraciones a través de una parte especial de su mandíbula.

Now, he swam quietly behind his mother, his teacher, his friend, and his guardian.

Ahora, estaba nadando en silencio detrás de su madre, su maestra, su amiga, su tutor.

Suddenly, both Payeto's eyes were open. Something had changed. His mother had stopped swimming. He could tell she was puzzled.

De pronto, Payeto abrió completamente sus dos ojos. Algo había cambiado. Su madre había dejado de nadar. Él veía que ella estaba perpleja.

"What is it Mom?"

"¿Qué pasa mamá?"

Saying nothing, his mother swam slowly forward.

Sin decir nada, su madre nadó lentamente hacia adelante.

Something strange was happening and Payeto was now wide awake. He heard a crescendo of frightened voices, and felt fear like he'd never felt before. Payeto froze as something rushed at him.

Algo extraño estaba ocurriendo y Payeto ahora estaba completamente despierto. Oyó un crescendo de voces asustadas, y sintió un miedo que nunca antes había sentido. Payeto se paralizó mientras algo se abalanzó sobre él.

Payeto vanished in a melee of bubbles, blurs, and screaming voices as the silent black net carried him away.

Payeto desapareció en un tumulto de burbujas con aspectos borrosos y voces que gritaban mientras la silenciosa red negra se lo llevaba.

"Help!" cried the frantic porpoise.

"¡Ayuda!", Gritó la marsopa frenética.

Payeto's mom darted in to save him, but the fishermen's trap closed, sweeping up both mother and son.

La mamá de Payeto se lanzó sobre él para salvarlo, pero la trampa de los pescadores se cerró, separando a la madre del hijo.

Miguelito and Payeto / Miguelito y Payeto

CHAPTER 8

"Sweet Mary!" exclaimed Pepé looking down at a net laden with more fish than he'd seen in years.

"Madre María!", Exclamó Pepe mirando hacia la cargada red, la cual tenía más peces de los que había visto en años.

"It's a miracle," he cried out, tossing squirming fish from the net into the hold below.

"Es un milagro", gritó lanzando a la bodega un pescado que se retorcía en la red.

On the other side, wide eyed Miguelito was doing the same. Both began yelling in delight as dozens of fish fell into storage.

Por otro lado, con los ojos bien abiertos Miguelito hizo lo mismo. Ambos comenzaron a gritar de alegría cuando decenas de peces cayeron al almacenamiento.

"Praise Saint Peter!" sang Pepé, feeling a joy that had been missing for months. The two deckhands were laughing deliriously when a big wave crashed on the deck and swept their feet away.

"Alabado sea San Pedro!", Chilló Pepe sintiendo una alegría que había estado ausente durante meses. Los dos marineros se reían delirantemente cuando una gran ola se estrelló en la cubierta y los tiró.

"Careful Miguelito, Mother Ocean means to make us work tonight," said Pepé, still smiling as he grabbed the rail to pull himself up.

"Ten cuidado Miguelito, el Océano quiere que trabajemos esta noche", dijo Pepe sin dejar de sonreír mientras agarraba la barandilla para ponerse de pie.

Miguelito, quickly back on his feet, grinned and waved. He'd never known such happiness. Finally, there was a good catch. Finally, his father could

Miguelito se paró rápidamente, sonrió y lo saludó con la mano. Nunca había experimentado tanta felicidad. Finalmente, atraparon bastantes peces.

pay bills. And, most of all Miguelito finally felt like a man, able to help his father and his family.

Finalmente, su padre podría pagar las cuentas. Y, sobre todo, finalmente Miguelito se sentía como un hombre capaz de ayudar a su padre y su familia.

Above them, cursing that he'd missed the large wave, Pedro looked down as Pepé and Miguelito resumed pitching fish into the hold. He smiled and concentrated on keeping the *Santa Rosa* on a steady course. Beside him, Zorro cheeped excitedly.

Por encima de ellos, maldiciendo el hecho de haber sido tomado por sorpresa, Pedro miró mientras Pepe y Miguelito continuaban poniendo los peces en la bodega. Él sonrió y se concentró en mantener al Santa Rosa en un curso estable. Junto a él, Zorro chillaba emocionado.

"Yes, Zorro," he said. "We've finally found some luck."

"Sí, Zorro", dijo. "finalmente tenemos un poco de suerte."

On deck, Pepé pulled a struggling sea turtle from the net. "Fantastic!" he cried out, a special soup for Grandmother!" then dropped the turtle into the bottom of the boat. The fish kept coming, big ones, little ones, all kinds. Miguelito had never seen so many fish. Pepé kept laughing and shoving them below as another wave splashed over the rail and water rolled across their feet.

En la cubierta Pepe sacó una tortuga marina que luchaba en la red. "¡Fantástico!" Gritó "una sopa especial para la abuela! "Y luego dejó caer la tortuga en el fondo del bote. Los peces seguían llegando, grandes y pequeños, de todo tipo. Miguelito nunca había visto tantos peces. Pepe se mantuvo sonriendo y sacando peces cuando una nueva ola cayó en la barandilla y el agua pasó entre sus pies.

Miguelito saw a large gray form come up in the net. Pepé grabbed the lifeless body of Payeto's mom and tossed it back in the water.

Miguelito vio que algo grande y gris salía de la red. Pepe agarró el cuerpo sin vida de la mamá de Payeto y la arrojó de regreso al mar.

"Porpoise!" he yelled over to

"Una Marsopa!", Le gritó a Miguelito,

Miguelito, "not supposed to catch those."

"Nosotros no debemos atraparlas."

Pepé went back to work pulling fish but Miguelito stopped. He had a strange feeling in his stomach. Something was wrong.

Pepe volvió a trabajar tirando los peces, pero Miguelito se detuvo. Tenía una sensación extraña en el estómago. Algo andaba mal.

Then Miguelito saw another gray form in the net, still squirming. He wrapped his arms around the little porpoise and hugged it to his chest. Staring into its dark ringed eyes, the world suddenly hushed. There was something in those eyes. Miguelito felt the fragile life in his arms and gently released the porpoise into the water.

Entonces Miguelito vio a otro cuerpo gris en la red, aún retorciéndose. Envolvió sus brazos alrededor de la pequeña marsopa y la abrazó. El mundo entero se paralizó al mirar fijamente sus oscuros ojos anillados. Había algo en esos ojos. Miguelito sintió la frágil vida en sus brazos y suavemente la soltó al agua.

A large wave broke over the bow of the *Santa Rosa*, sending spray against the wheelhouse window. Pedro, cursing again, spun the wheel, turning the boat into the wind. Yes, he thought, Mother Ocean was certainly making things tough for them, but they had fish, Yes, he laughed, they finally had fish.

Una gran ola cayó sobre el arca del Santa Rosa, y una brisa entró por la ventana de la timonera. Pedro, maldiciendo de nuevo, hizo girar el timón torciendo el barco con el viento. Sí, pensó, el océano está sin duda haciendo las cosas difíciles para nosotros, pero tenían pescados. Sí, él se echó a reír, finalmente habían pescado.

Looking back at the two deck hands struggling to get fish into storage, Pedro decided to speed up the winch. Reaching through the open window, he jerked the winch lever forward and the motor immediately groaned louder. As the net began moving faster, Pepé looked up, twirled his

Mirando hacia atrás, vio dos pares de manos en la cubierta luchando por colocar todo el pescado en el almacenamiento del barco. Pedro aceleró el motor. A través de la ventana abierta, jaló la palanca del motor y de inmediato éste gimió con fuerza. A medida que la red

hand in the air, and smiled in approval at Pedro.

comenzaba a moverse más rápido, Pepé miró hacia arriba, extendió su mano en el aire y le sonrió a Pedro en señal de aprobación.

Pedro waved back. Yes, he thought, finally!

Pedro le devolvió el saludo. Sí, pensó, ¡Finalmente!

On deck, Pepé and Miguelito, sweat dripping from their faces, pulled and pushed the catch into the hold. Below them was a flood of shimmering, squirming fish.

En la cubierta, Pepe y Miguelito, con gotas de sudor en sus caras, jalaban y tiraban los peces capturados en la bodega. Debajo de ellos había un montón de peces brillantes, retorciéndose.

Indeed, it was a miracle.

De hecho, fue un milagro.

Pedro, looking down on his son working to clear the net, was filled with pride. He remembered when he had been young and Sanchez had taken him fishing. He remembered a night like this, years ago, when they'd had a good catch, of how proud he had been to be with his father, to be a fisherman.

Pedro, mirando hacia abajo vio a su hijo trabajando para vaciar la red y se llenó de orgullo. Recordó cuando había sido joven y Sánchez se lo había llevado a la pesca. Recordó una noche como ésta, hace años, cuando habían tenido una buena pesca. Recordó lo orgulloso que él se había sentido de estar con su padre y de ser un pescador.

A huge wave crashed against the wheelhouse, water pouring onto the floor and stunning Pedro who had to grab the cabin sides to keep from being thrown down. The *Santa Rosa*, knocked off course, was now sideways to the waves and in danger of capsizing. Pedro yanked the wheel and turned it quickly. Faithful Esmeralda

Una enorme ola se estrelló contra la timonera y el agua se vertió sobre el suelo. Pedro, impotente, tuvo que agarrarse con los lados de la cabina para evitar ser derribado. El Santa Rosa, habiendo sido golpeado fuertemente, estaba ahora de lado a las olas y en peligro de volcar. Pedro giró el timón y se volteó rápidamente.

sputtered but groaned on. The boat slowly climbed back on course. Pedro looked back at the stern and gasped.

"Where was Miguelito?" His frightened eyes saw Pepé hanging tightly to the side and beginning to stand, but where was his son? He heard a scream and his eyes saw a small form caught in the net as it rapidly wound itself on the big drum.

"My God!" Pedro cried out and reached to pull the winch lever.

El barco se puso lentamente en curso otra vez. Pedro miró la popa y se quedó sin aliento.

"¿Dónde estaba Miguelito?" Sus ojos asustados vieron a Pepe colgado firmemente sobre un lado y comenzando a ponerse de pie, pero ¿dónde estaba su hijo? Oyó un grito y sus ojos vieron una pequeña forma atrapad en la red que rápidamente cayó sobre el bombo del barco.

"¡Dios mío!", Exclamó Pedro y alcanzó a jalar la palanca del cabrestante.

CHAPTER 9

"Is it dead?"

"I don't know, poke it."

Floating motionless in the calm ocean, the small grey body startled to life. Payeto nudged his head above the water. Blinded by the morning sun, he saw nothing.

"It's alive!"

"What is it?"

Payeto trembled as consciousness flooded his mind with memories. He remembered being overcome with fright as the net entrapped him. He'd tried twisting away as his mother had taught him, but became even more entangled. Unable to get to the surface to breathe, he'd almost drowned, but then the net had risen out of the water. He remembered the small human who'd taken him from the net and embraced him. Their eyes had met and then Payeto had been released. Then, he shook again, remembering that his mom was dead.

"¿Está muerto?"

"No lo sé, muévelo."

Flotante e inmóvil en un océano en calma, el pequeño cuerpo gris regresó a la vida. Payeto sacó la cabeza por encima del agua, y cegado por el sol de la mañana no vio nada.

"¡Esta vivo!"

"¿Qué es?"

Payeto temblaba mientras la conciencia inundaba su mente con los recuerdos. Recordó dejarse vencer por el miedo cuando la red lo atrapó. Había tratado de escapar tal como su madre le había enseñado, pero se enredó aún más. Incapaz de llegar a la superficie para respirar, casi se había ahogado, pero justo en ese momento la red se elevó afuera del agua. Recordó al pequeño humano que lo había salvado de la red y lo abrazó. Sus ojos se habían encontrado y luego Payeto había sido puesto en libertad. Payeto se estremeció de nuevo, recordando que su madre había muerto.

"Is it sick?"

"¿Está enfermo?"

"Maybe. What a funny face it has."

"Puede ser. ¡Qué cara tan graciosa tiene!".

Payeto remembered how he'd called for his mother, searched for her, and then discovered her lifeless body. He'd nudged her, pleaded with her to come back to life. But she was gone. Then, he'd heard the fishing boat, speeding back to harbor with the injured Miguelito and Payeto had swam away as fast as he could. Hours later, the exhausted porpoise was barely moving, a lost vaquita in a big ocean.

Payeto recordó cómo había llamado a su madre, la buscó, y luego descubrió su cuerpo inerte. Él la sacudió rogándole que volviera a la vida. Pero ella ya se había ido. Entonces, oyó el barco de pesca acelerando para volver al puerto con Miguelito herido. Payeto nadó tan rápido como pudo. Horas más tarde, la agotada marsopa apenas se podía mover, una vaquita perdida en un inmenso océano.

"Hello!"

"¡Hola!"

"Are you okay?"

"¿Estás bien?"

Payeto's mind returned to the present. In front of him, he saw two blurry forms. Then his eyes focused and he was looking at two small fish staring back at him.

La mente de Payeto regresó al presente. Frente a él, vio a dos formas borrosas. Entonces sus ojos se centraron y se encontró a si mismo mirando a dos peces pequeños que le devolvieron la mirada.

"I'm Tisco," said one.

"Soy Tisco", dijo uno.

"I'm Tasco," said the other.

"Soy Tasco," dijo el otro.

"I'm Payeto," said the surprised porpoise.

"Soy Payeto", dijo la marsopa sorprendida.

"We're totoaba," said Tisco.

"Somos totoabas," dijo Tisco.

"And we've lost all our friends," said Tasco.

Payeto looked closely at the two fish. They were each about a foot long, with shiny brown scales covering their stubby bodies. Their large eyes watched him while their big mouths opened and closed.

"It was a trap, a net," said Tasco.

"Yes, the humans almost caught us," said Tisco.

Payeto felt a strange vibration in the water. Something was coming, and coming fast.

"Swim!" yelled Payeto, darting to one side and spooking the two fish who flashed in the opposite direction.

SWOOSH! A blast of turbulence filled the space they'd just left as a dark form shot by.

"Seal!" cried Tisco, turning to flee the predator.

The seal, agile and fast, quickly turned, baring his teeth in anger at having missed his prey. Then he was after

"Y hemos perdido a todos nuestros amigos", dijo Tasco.

Payeto miró de cerca a los dos peces. Medían aproximadamente un pie de largo, con escamas de color marrón brillante que cubrían sus cuerpos rechonchos. Sus grandes ojos lo observaban mientras que sus bocas se abrían y cerraban.

"Era una trampa, una red", dijo Tasco.

"Sí, los seres humanos casi nos atrapan a nosotros también", dijo Tisco.

Payeto sintió una vibración extraña en el agua. Algo estaba viniendo, y venía rápido.

"¡La corriente!" Gritó Payeto, lanzándose hacia un lado y asustando a los dos peces que salieron en la direcciones opuestas.

SWOOSH! Una ráfaga de turbulencia llenó el espacio que ellos acababan de abandonar mientras una forma obscura apareció.

¡Una foca!" Gritó Tisco, huyendo del depredador.

La foca se volteó rápidamente, mostrando los dientes con ira por haber perdido a su presa. Luego nadó

Tisco.

The little fish was no match for the speedy seal who soon snapped at Tisco's tail. With a last spurt of energy, Tisco swerved and the seal swept by.

"Help!" screamed the desperate Tisco as the seal circled and headed back for its prey.

Wham!

The seal gasped, knocked violently sideways as the furious Payeto crashed into him. Stunned, the seal snarled at the angry porpoise who now had two small fish hiding behind him.

"ARRGH!" yelled Payeto, lunging at the seal while sending a blast of bubbles up from his blowhole.

Beaten, the seal growled, then disappeared.

"Our hero!" exclaimed Tisco and Tasco together.

Payeto looked back at them, surprised at himself. He'd simply saved his friends.

Friends, he thought, well, yes, I

en dirección a Tisco.

El pequeño pez no era un rival para la rápida foca que pronto quiso morder la cola de Tisco. Con una última inyección de energía, Tisco giró escapando de la foca.

"¡Ayuda!", Gritó desesperado Tisco mientras la foca se dirigía hacia su presa.

Wham!

La foca se quedó sin aliento, ya que había sido golpeada violentamente en un costado por un Payeto furioso. Aturdida, la foca le gruñó a la enojada marsopa. Los dos pequeños peces se escondieron detrás de Payeto.

"¡ARRGH!" Gritó Payeto, arremetiendo nuevamente contra la foca y largando un chorro de burbujas por su espiráculo.

Habiendo sido golpeada la foca gruñó nuevamente y luego desapareció.

"Nuestro héroe!" exclamaron Tisco y Tasco a la vez.

Payeto los miró, sorprendido de sí mismo. Él simplemente había salvado a sus amigos.

Amigos, pensó, bueno, sí, supongo

suppose they are.

que lo son.

"I'm hungry," said Tisco, now right in front of Payeto's face.

"Tengo hambre", dijo Tisco, ahora justo en frente de la cara de Payeto.

"Me too!" said Tasco alongside.

"¡Yo también!" Dijo Tasco al otro lado.

Payeto looked at the four pleading eyes.

Payeto miró los cuatro ojos suplicantes.

"Then it's unanimous," he said, "let's go!"

"Entonces es unánime", dijo, "¡vamos a comer!"

The three new friends swam off to find food.

Los tres nuevos amigos se fueron nadando en busca de comida.

CHAPTER 10

The dusty street was empty. Sitting in the shade of the porch, Grandfather Sanchez watched an old man and his donkey come slowly toward him. As the pair passed the porch, the old man raised his sombrero and smiled. Grandfather tipped his hat and saluted. The old ones still saw spirits.

La polvorienta calle estaba vacía. Sentado a la sombra del porche, El abuelo Sánchez vio a un anciano y a su burro viniendo lentamente hacia él. Cuando el par pasó por el porche, el anciano levantó el sombrero, sonrió y los saludó. Los viejos todavía veían espíritus.

A scrawny dog ran out from an alley and began barking at the donkey.

Un perro flaco salió corriendo de un callejón y comenzó a ladrarle al burro.

On the other side of the door, Miguelito jerked awake in his chair. He saw the old man waving at someone and looked at the empty chair beside him. Confused, he looked back at the smiling farmer and waved.

Al otro lado de la puerta, Miguelito se despertó en su silla. Vio al anciano saludando a alguien y miró la silla vacía a su lado. Confundido, miró hacia atrás al sonriente agricultor y lo saludó con la mano.

"Hola, Señor," greeted Miguelito sleepily.

"Hola, señor," saludó Miguelito adormilado.

The old man touched his sombrero and smiled back. Paying no attention to the yapping mutt, farmer and donkey continued on. The dog, convinced his territory was safe, retreated to the alley.

El anciano se tocó el sombrero y le devolvió la sonrisa. Sin prestar atención a los ladridos del perro, el agricultor y su burro continuaron su camino. El perro, convencido de que su territorio estaba a salvo, se retiró hacia el callejón.

Once more, Miguelito heard the strange music in his head. He

Una vez más, Miguelito escuchó esa extraña música en su cabeza. Se

wondered if the heat was affecting his mind. He tapped the cast on his foot with the homemade crutch he now took everywhere. The cast, covered in layers of coffee colored dust, had long ago lost the dozens of school friend signatures from weeks ago.

preguntó si el calor estaría afectando su mente. Golpeó el yeso del pie con la muleta hecha en casa que ahora llevaba a todas partes. El yeso, cubierto de capas de polvo de color café, hacía tiempo que había perdido las decenas de firmas hechas por los amigos de la escuela.

Closing his eyes, Miguelito thought back to the night of the accident. He remembered his father carrying him to Dr. Garcia's clinic. The small bearded man, still in his bedclothes, had come out and carefully examined Miguelito's foot. There had been x-rays and the doctor had given the boy pills to ease the pain. Soon the boy's anguish had melted into drowsiness. He barely remembered the doctor's gentle hands wrapping the mangled foot in wet gauze and plaster.

Cerrando los ojos, Miguelito recordó la noche del accidente. Recordó que su padre lo llevó a la clínica del Dr. García. El pequeño hombre con barba, aún en pijamas, había salido y examinado cuidadosamente el pie de Miguelito. Le habían tomado radiografías y el médico le había dado unas píldoras para aliviar el dolor. Pronto la angustia del niño se había convertido solo en somnolencia. Apenas recordaba las suaves manos del médico envolviendo el pie destrozado en una gasa húmeda y yeso.

Miguelito did not hear Dr. Garcia telling Pedro and Pepé that the boy's foot had been broken in many places, that all the doctor could do for now was to wrap it securely and let the foot begin to heal. The boy would need special surgery to help the foot heal well. Such surgery could only be done in the city. Miguelito did not see the tears on his father's face as he carried his injured son home. All Miguelito remembered was waking up in his

Miguelito no oyó cuando el Dr. García le dijo a Pedro y a Pepe que el pie del niño se había quebrado en muchas partes, todo lo que el médico podía hacer por ahora era envolverlo bien y dejar que el pie comenzara a sanar. El niño necesitaría cirugía especial para poder curarlo. Tal cirugía sólo se podía hacer en la ciudad. Miguelito no vio las lágrimas en el rostro de su padre mientras llevaba a su hijo a casa. Todo lo que Miguelito recordaba era cuando

bed, feeling very sleepy, and looking down to see the white plaster cast on his foot.

The door beside him opened and Miguelito heard voices, angry voices.

"What do you expect me to do Rosa!" he heard Pedro shout. "I'm a fisherman. That's all I know!"

Then Pedro appeared on the porch and glared at Miguelito. The frustrated father threw his hands in the air and stomped off towards the harbor.

Wide awake now, Miguelito's face was flushed with fear. Life had been hard since the accident. The money from the miracle fishing trip was gone. Night after night, Pedro and Pepé had gone out only to return with fewer and fewer fish. Miguelito knew other families were facing the same tough times. He felt guilty because now he couldn't help his papa. Even his sisters were sick with the flu.

"Miguelito," said a soft voice behind him.

He turned to see his mother standing in the doorway. She put an arm around the boy and hugged him close.

despertó en su cama, sintiéndose aún con mucho sueño y miró el molde de yeso blanco que le cubría el pie.

La puerta se abrió y Miguelito oyó voces, voces fuertes.

"¿Qué esperas que yo haga Rosa!" Oyó cuando Pedro grito. "Soy un pescador. ¡Eso es todo lo que sé hacer!"

Entonces Pedro apareció en el porche y miró a Miguelito. El padre frustrado levantó las manos al aire apuntando hacia el puerto.

Completamente despierto ahora, la cara de Miguelito se llenó de miedo. La vida había sido difícil desde el accidente. El dinero del viaje de pesca milagroso se había terminado. Noche tras noche, Pedro y Pepe habían salido a pescar sólo para regresar con menos peces cada vez. Miguelito sabía que otras familias también estaban pasando por tiempos difíciles. Se sentía culpable porque ahora no podía ayudar a su papá. Para peor, sus hermanas estaban enfermas con gripe.

"Miguelito", dijo una voz suave detrás de él.

Se volteó para ver a su madre de pie en la puerta. Ella pasó un brazo alrededor del muchacho y lo abrazó.

Then Rosa took his head in both hands and looked into his eyes. "Things are difficult and Papa is doing the best he can. We will get through this Miguelito. Always remember, we are family and we will get through this together."

Entonces Rosa tomó la cabeza con ambas manos y lo miró a los ojos. "Las cosas están difíciles y Papa está haciendo todo lo que puede. Vamos a salir de esto Miguelito. Siempre recuerda, somos una familia y vamos a salir de esto juntos".

Then Rosa reached inside the door and brought out a basket and said, "Take these tamales to Sonya. She has some medicine for your sisters." Then she helped Miguelito to his feet.

Entonces Rosa llegó a la puerta y sacó una cesta y le dijo: "Llévale estos tamales a Sonya. Ella tiene un poco de medicina para tus hermanas." Su madre lo ayudó a ponerse de pie.

He adjusted his baseball cap, put the crutch under his arm, and took the basket from his mom.
"Yes, Mama," he said looking into the face that would always love him.

Miguelito se puso la gorra de béisbol y la muleta bajo el brazo, tomó la canasta de su mamá y dijo "Sí, mamá", mirando la cara que siempre lo amaría.

At this moment, Zorro bounded through the doorway, bounced up on the chair and then onto Miguelito's shoulder.

En este momento, Zorro, escondido detrás de la puerta, saltó sobre la silla y luego al hombro de Miguelito.

Mother and son laughed. The little monkey would not let them stay serious long.

Madre e hijo se rieron. El pequeño mono no les permitía estar serios por mucho tiempo.

Watching her boy slowly hop away, Rosa's lips moved as rosary beads passed through her fingers.

Mirando a su hijo alejarse lentamente, los labios de Rosa se movían mientras sus dedos lo hacían en la cuerda de su rosario.

In the hot sun, dust devils chased after Miguelito and Zorro. Hands in

Con el calor del sol, los remolinos de polvo perseguían a Miguelito y a

pants pockets, Grandfather Sanchez followed.

Zorro. Más atrás, con las manos en los bolsillos del pantalón, el Abuelo Sánchez los seguía.

Magda beats the bullies / Magda ataca a los chicos malos

CHAPTER 11

Miguelito stopped as he hobbled around the corner and saw Sonya's shop ahead. He was hot and a circle of sweat covered the back of his shirt. Zorro lay face down like a limp rag on his shoulder. The little monkey lifted his head to look around.

Miguelito, cojeando, se detuvo al dar vuelta la esquina y vio la tienda de Sonya. Tenía calor y un círculo de sudor le cubría la parte de atrás de la camisa. Zorro estaba boca abajo como un trapo en su hombro. El pequeño mono levantó la cabeza para mirar a su alrededor.

"Not far now, Zorro," said Miguelito, and he started off again.

"Ahora no es el momento Zorro", dijo Miguelito, y empezó a cojear nuevamente.

Miguelito stared at the distant sign over Sonya's porch. Sanctuary. It was a special place and he'd often visited there. Rosa and Sonya had been friends for years, and Miguelito and Magda had grown up together. He liked the girl, but was too shy to tell her.

Miguelito se quedó mirando el cartel distante sobre el porche de Sonya. El Santuario era un lugar especial que a menudo había visitado. Rosa y Sonya habían sido amigas durante años, y Miguelito y Magda habían crecido juntos. Le gustaba la chica, pero era demasiado tímido para decírselo.

Miguelito heard footsteps behind him.

Miguelito escuchó pasos detrás de él.

"Hey, Gimp, where you going?" yelled a familiar voice.

"Hey, ¿a dónde vas?", Gritó una voz familiar.

Miguelito turned to see a fat and surly kid with a band of mean looking boys behind him.

Miguelito se volteó para ver a un niño grande y malhumorado con un grupo de muchachitos de mal aspecto que lo seguían.

It was Gonzo and Gonzo was trouble. Miguelito tensed as the gang of thugs surrounded him.

Era Gonzo y eso significaba problemas. Miguelito se tensó cuando la pandilla de maleantes le rodeó.

"Wanna race?" said Gonzo, laughing as he kicked at Miguelito's crutch.

"¿Quieres jugar una carrera?", dijo Gonzo riendo al tiempo que pateaba la muleta de Miguelito.

Miguelito, holding tight to the crutch, watched warily as Gonzo circled.

Miguelito, cuidando su muleta, miró con recelo como Gonzo lo rodeaba.

Suddenly, Gonzo snatched the basket from Miguelito's hand.

De repente, Gonzo le arrebató la cesta de la mano a Miguelito.

"What's this?" sang the jubilant gang leader, reaching inside and pulling out a tamale.

"¿Qué es esto?", gritó el líder de la pandilla metiendo la mano en el interior y sacando un tamal.

"Wow! My favorite," he said, peeling away the corn husk and shoving the tamale in his mouth.

"¡Guau! Mi favorito", Gonzo quitó la envoltura de maíz y se lo puso en la boca.

Miguelito swung his crutch at Gonzo who, still munching on his tamale, deftly knocked the crutch away. Off balance, Miguelito fell to the ground. He coughed as a cloud of dust came up in his face.

Miguelito tocó con la muleta a Gonzo, quien aún masticaba su tamal. Gonzo agarró hábilmente la muleta y la tiró a unos metros de distancia. Sin apoyo no balance, Miguelito cayó al suelo. Tosió y una nube de polvo cubrió su rostro.

The gang laughed and kicked dirt on him.

La pandilla se rió y le tiró más polvo.

Passing the basket around, Gonzo said "Careful Gimp! You could hurt yourself."

Pasando la canasta alrededor, Gonzo le dijo "Cuidado! Podrías hacerte daño".

"Ouch!" yelled Gonzo as a rock bounced off his head. He turned to see a furious Magda running at him.

"Beat it you brainless bozos!" yelled the enraged girl as she fired more missiles at the wincing bullies.

Arms raised in self defense, Gonzo and his gang fell back.

Miguelito struggled to his feet while Magda continued throwing rocks and Zorro, screaming like a banshee, charged the retreating thugs.

"Ouch! Cut it out you crazy girl! You're nuts!" complained the bullies as they backed away from mad Magda's projectiles.

With one last fling, Magda launched a rock that hit Gonzo squarely in the butt.

"Jeez!" yelled Gonzo, rubbing his sore seat and quickly moving farther from the fiery eyed girl.

The gang was huddled by a nearby porch when a bucket full of dirty water was thrown out the open door and completely drenched them.

"¡Ay!", Gritó Gonzo cuando una roca le rebotó en la cabeza. Se volteó y vió a Magda furiosa corriendo hacia él.

"¡Lárguense ya payasos sin cerebro!", Gritó la chica furiosa mientras disparaba más misiles a los pandilleros.

Con los brazos en alto en señal de defensa propia, Gonzo y su pandilla se alejaron.

Miguelito se puso de pie mientras Magda continuaba lanzando rocas y Zorro gritaba como un alma en pena acusando a los malandrines.

"¡Ay! Ya basta niña loca! ¡Estás chiflada! "se quejaron los agresores alejándose.

En su ultimo lanzamiento, Magda tiró una piedra y golpeó a Gonzo en el trasero.

"Por Dios!" Gritó Gonzo, frotando su trasero adolorido y alejándose rápidamente de la chica con ojos furiosos.

La pandilla se escondió en un porche cercano, pero en ese momento una cubeta llena de agua sucia fue arrojada por la puerta abierta y los empapó completamente.

The boys gasped and turned to see an angry woman waving a menacing mop at them.

Los chicos se quedaron sin aliento y se voltearon para ver una mujer enojada que los amenazaba agitando una cubeta.

"Get away! San Pedro does not want you!" yelled the irate woman.

"¡Aléjense! ¡San Pedro no los quiere aquí!", Gritó la mujer con ímpetu.

Leaning against the wall beside her, Grandfather laughed.

Apoyado en la pared al lado de ella, el abuelo sonrió.

Wiping water from their faces, the beaten boys skulked away.

Limpiándose el agua de la cara, los chicos se alejaron.

"Keep going you losers!" screamed Magda. Alongside, a defiant Zorro screeched and shook his fists at the vanquished bullies. Then Magda turned and picked up Miguelito's crutch and cap as he brushed dust from his clothes. He frowned looking down at the fallen basket and tamales strewn around it.

" ¡Sigan jugando perdedores!" Gritó Magda. A su lado, un Zorro desafiante les gritó y les sacudió los puños. Entonces Magda se volteó, cogió la muleta y la gorra de Miguelito y le quitó el polvo de la ropa. El miró hacia abajo en dirección a la canasta y los tamales caídos y esparcidos a su alrededor.

Following his eyes, Magda said, "Don't worry about it." Then she handed him the crutch and pushed the cap onto his head. Zorro jumped up on Miguelito's shoulder and gave one last screech at the defeated gang.

Siguiendo sus ojos, Magda le dijo, "No te preocupes por eso." Entonces le entregó la muleta y le puso la gorra en la cabeza. Zorro saltó sobre el hombro de Miguelito y le dio un último grito a la pandilla derrotada.

"You're lucky to have such a frightening bodyguard," laughed Magda.

"Tienes suerte de tener un guardaespaldas así," rió Magda.

"Yes," Miguelito stammered, looking away, "I suppose." He was

"Sí," Miguelito tartamudeó mirando hacia otro lado , "supongo". Él

embarrassed that a girl had saved him yet comforted that he had a friend who stood by him.

estaba avergonzado de que una chica lo hubiese salvado, aunque se sentía reconfortado de saber que tenía una amiga que daba la cara por él.

"Let's go see mom," said Magda, grabbing the basket and taking Miguelito by the arm.

"Vamos a ver a mamá", dijo Magda, agarrando la canasta y tomando a Miguelito por el brazo.

The shaman Sonya in the Sanctuary / La chamana Sonia en El Santuario

CHAPTER 12

It was a magical place. Inside the Sanctuary, Miguelito, with Zorro on his shoulder, spun slowly around his crutch and gaped in awe. No matter how many times he visited, the Sanctuary always amazed him.

El interior del Santuario era un lugar mágico. Miguelito, con Zorro en el hombro, giró lentamente con sus la muletas y miró boquiabierto. No importaba cuántas veces había visitado el Santuario, éste siempre lo sorprendería.

Behind the back counter was a wall of shelves filled with baskets of many colored herbs. On the counter were all kinds of bottles. Miguelito knew Sonya was a shaman, a medicine woman, and she used these things to make her cures.

Detrás del mostrador había una pared llena de estantes con cestas cargadas de hierbas de colores. En el mostrador había todo tipo de botellas. Miguelito sabía que Sonya era una chamán, una curandera, y ella usaba estas cosas para hacer sus medicinas.

Looking up, Zorro shrieked and jumped down as a brown eagle, wings spread and talons outstretched, dived at them.

Mirando hacia arriba, Zorro gritó y saltó. Un águila marrón con las alas extendidas y las garras abiertas se lanzó contra ellos.

Miguelito laughed as the monkey scurried under a table and looked back to ensure the bird was not attacking him.

Miguelito se rió cuando el mono se escondió debajo de una mesa y miró hacia atrás para asegurarse de que el pájaro no lo estuviera atacando.

As his nose filled with exotic scents that teased his imagination, Miguelito wondered about the mysterious Sonya and her daughter Magda. All he knew for sure about them was that they were not like anyone else in San Pedro.

Mientras su nariz se llenaba de aromas exóticos que atormentaba su imaginación, Miguelito se preguntó acerca de la misteriosa Sonya y su hija Magda. Lo único que sabía de ellas con certeza, era que no eran como cualquier otra persona en San Pedro.

Zorro, feeling safe now, crawled out from under the table and jumped up to inspect the jars that covered it. Miguelito picked up one of the jars and studied a baby alligator floating inside. All the bottles held strange creatures, most of which he did not recognize. Zorro looked into a jar and jumped back when he saw a face remarkably like his own staring back at him.

Zorro, sintiéndose a salvo ahora, salió de debajo de la mesa y se levantó para inspeccionar los frascos que estaban arriba de él. Miguelito tomó uno de los frascos y se dio cuenta de que era un bebé cocodrilo flotando en el interior. Todas las botellas tenían extrañas criaturas, la mayoría de las cuales no podía reconocer. Zorro miró uno frasco y saltó hacia atrás cuando vio que una cara muy parecida a la suya le devolvía la mirada.

"Careful, Zorro," laughed Magda, returning to the room. She picked up the fearful monkey and hugged him.

"Cuidado, Zorro," rió Magda volviendo a la habitación. Cogió al mono temeroso y lo abrazó.

"Don't worry, we're not going to put you in a bottle," she said, then, "Mama will be out soon, would you like some lemonade?"

"No te preocupes, no te vamos a poner en una botella", dijo y agregó "Mama saldrá en un momento, ¿te gustaría un poco de limonada?"

"Please," Miguelito said timidly.

"Por favor", dijo Miguelito tímidamente.

Magda set Zorro down and went to the counter to pour from a pitcher.

Magda puso a Zorro en el piso y regresó a la barra para servirles limonada.

Hanging above her, Miguelito saw a six foot fish skeleton, bones cream colored with age and a gaping mouth that could easily swallow his head. It was familiar. Years ago, Grandfather Sanchez had shown him a fish like this before releasing it.

Apoyado sobre la barra, Miguelito vio un esqueleto de pescado de aproximadamente seis pies de largo cuyos huesos estaban de color crema por la edad. La boca abierta del pez podría haber tragado su cabeza con facilidad. Le era familiar. Años atrás el abuelo Sánchez le había mostrado un pez como éste antes de soltarlo.

"That's a totoaba," said Magda as she handed him the lemonade. "People in the Orient think the totoaba swim bladder has healing powers. They pay thousands of dollars for that small part of the fish. It's illegal to catch totoaba but that's big money for a fisherman who struggles to make that much in an entire year. That's why poachers have nearly made the totoaba extinct."

"Eyii!" screamed Zorro.

Magda and Miguelito spun around to see Zorro's head caught in the sharp toothed jaws of a shark. The girl quickly released the screeching monkey who immediately jumped onto her shoulder and hid in her long, black hair.

"Zorro, my little friend, you can't seem to stay out of trouble."

Miguelito turned to see Sonya smiling at him. She hugged him.

"So good to see you again, Miguelito," she said, softly putting her hands on his shoulders and looking into his eyes.

Miguelito looked at her smiling face and immediately felt safe.

"Esa es una totoaba", dijo Magda mientras ella le entregaba la limonada. "La gente en el Oriente piensa que las vejigas de las totoabas tiene poderes curativos. Ellos pagan miles de dólares por esa pequeña parte del pez. Es ilegal capturar a las totoabas pero eso significa mucho dinero para un pescador que lucha por mantener a su familia. Es por eso que los cazadores furtivos han hecho que casi todas las totoabas se extingan".

"Eyii!" Gritó Zorro.

Magda y Miguelito se voltearon para ver la cabeza de Zorro atrapada en las mandíbulas afiladas de un tiburón. La chica tomó al mono chillón quien saltó sobre su hombro y se escondió en su larga cabellera negra.

"Zorro, mi pequeño amigo, parece que no puedes mantenerte fuera de problemas."

Miguelito se volteó para ver a Sonya sonriéndole. Ella lo abrazó.

"Qué bueno verte de nuevo, Miguelito", dijo poniendo suavemente las manos sobre sus hombros y mirándolo a los ojos.

Miguelito miró su cara sonriente y de inmediato se sintió seguro.

"It is good you've come," Sonya continued.

"Qué bueno que hayas venido," continuó Sonya.

Miguelito turned shyly away, saying, "I've come to get medicine for my sisters."

Miguelito volteó tímidamente, diciendo: "He venido para conseguir la medicina para mis hermanas."

"Of course," said Sonya, still looking at him, "let's take care of that." Dropping her hands, She walked behind the counter and pulled out a bowl, then reached for several baskets from the wall shelves. Miguelito watched as Sonya put pieces of plants in the bowl, poured in oils, and began mixing it all together. Magda stood to one side studying her mother at work.

"Por supuesto", dijo Sonya sin dejar de mirarlo "vamos a encargarnos de eso.", y dejando caer sus manos caminó detrás del mostrador y sacó un recipiente junto con varias cestas de la pared.

Miguelito vio como Sonya ponía trocitos de plantas en el recipiente, vertía los aceites y mezclaba todo junto. Magda se puso a un lado para mirar el trabajo de su madre.

Miguelito watched in quiet fascination as the medicine woman mixed her remedy. Sonya was known far beyond San Pedro for her traditional medicine cures. Even Dr. Garcia respected Sonya and Miguelito had often seen them talking together. She'd learned these secrets from her mother and now taught them to her own daughter.

Miguelito observó con tranquila fascinación como la curandera preparaba su remedio. Sonya era conocida mucho más allá de San Pedro por sus curas de medicina tradicional. Incluso el Dr. García respetaba a Sonya y Miguelito los había visto hablando a menudo. Había aprendido estos secretos de su madre y ahora se los enseñaba a su propia hija.

Sonya looked up and smiled at him, "How is your mother?"

Sonya levantó la vista y le sonrió, "¿Cómo está tu madre?"

"Oh, Mama's well, she's never ill," answered Miguelito.

"Oh, mamá está bien, nunca está enferma", respondió Miguelito.

"Yes, Rosa is strong," said Sonya, putting a few drops of red liquid into the bowl.

"And your father? How is he?" she spoke while pouring several powders into the bowl.

Miguelito hesitated. "Okay, I guess," he finally said.

"Yes, I know, Miguelito," answered Sonya, "it is a hard time in San Pedro, a town that depends on fish now has few fish left to catch."

Sonya looked at the boy, "and you, Miguelito, how are you since the accident?"

Miguelito was silent as his mind remembered that stormy night. He saw the young porpoise looking into his eyes.

"You have a kind heart Miguelito. It will serve you well," said the shaman.

Coming back from the memory, Miguelito saw Sonya smiling at him. She poured the potion from the bowl into a small bottle. Capping it, she placed it in Miguelito's basket.

"Here Mama," said Magda, taking a paper bag from beneath the counter,

"Sí, Rosa es fuerte", dijo Sonya poniendo unas gotas de líquido rojo en el recipiente.

"¿Y tu padre? ¿Cómo está? "Le dijo ella mientras vertía varios polvos en un recipiente.

Miguelito vaciló. "Está bien, supongo", dijo finalmente.

"Sí, lo sé, Miguelito", respondió Sonya, "es un momento difícil para San Pedro, un pueblo que depende de los peces y ahora no hay muchos peces."

Sonya miró al niño "y tú, Miguelito, ¿cómo estás desde el accidente?"

Miguelito se quedó en silencio mientras su mente recordó aquella noche tormentosa y al joven marsopa mirándolo a los ojos.

"Tienes un corazón amable Miguelito. Te servirá mucho", dijo la chamán.

Al volver a la realidad, Miguelito vio que Sonya le sonreía. Sirvió la poción de la taza en una pequeña botella y cerrándola la puso en la canasta de Miguelito.

"Aquí está Mama", dijo Magda, tomando una bolsa de papel debajo

"these are for the girls."

"Yes!" laughed Sonya, placing the bag in the basket, "cookies are the most powerful part of this medicine."

She walked around the counter and handed the basket to Miguelito, "now hurry home and take care of your sisters. Please, tell Rosa I'll see her soon."

"Thank you," said a grateful Miguelito as he was gently pushed out the door.

Hobbling down the street, the boy looked back to see mother and daughter waving at him as Zorro jumped off Magda's shoulder and ran to catch up.

del mostrador, "estas son para las gemelas."

"¡Sí!" sonrió Sonya colocando la bolsa en la canasta, "las galletas son la parte más poderosa de este medicamento."

Caminó alrededor del mostrador y le entregó la canasta a Miguelito, "ahora apresúrate a llegar a casa y cuida a tus hermanas. Por favor, dile a Rosa que la veré pronto".

"Gracias", dijo Miguelito amablemente cuando fue acompañado hasta la puerta.

Cojeando por la calle, el chico miró hacia atrás para ver a la madre y a la hija despidiéndose mientras Zorro saltaba del hombro de Magda y corría para alcanzarlo.

The pelican wins! / ¡El pelícano gana!

CHAPTER 13

"Ouch! Ouch! Ouch!"

"¡Ay! ¡Ay! ¡Ay! "

Payeto turned to see Tisco spinning wildly as a large crab pinched the fish's mouth with its claw. The crab let go and fell to the sea bottom where it quickly hid under a large rock. Payeto watched as Tisco, now aware that some food could bite back, went off in search of easy prey.

Payeto volteó para ver a Tisco girando salvajemente mientras un cangrejo grande pellizcaba la boca del pez con su garra. El cangrejo lo soltó y cayó al fondo del mar, donde rápidamente se escondió debajo de una roca. Payeto vio como Tisco, ahora consciente de que algunos alimentos podía morderlo, se fue en busca de una presa fácil.

The three new friends spent most of their time searching for something to eat. Payeto had learned that Tisco and Tasco ate the same things he did, crabs, shrimp, and small fish. However, the two totoaba were neither fast nor agile swimmers, making it difficult for them to catch other fish. They preferred the slower crabs and shrimp, although, as Tisco had just discovered, even this food had its problems.

Los tres nuevos amigos pasaron la mayor parte de su tiempo en busca de algo para comer. Payeto había aprendido que Tisco y Tasco comían las mismas cosas que él: cangrejos, camarones y peces pequeños. Sin embargo, los dos totoaba no eran nadadores rápidos ni ágiles, por lo que les era difícil atrapar a otros peces. Ellos preferían los cangrejos más lentos y los camarones, aunque, como Tisco acababa de descubrir, incluso esta comida tenía sus problemas.

Payeto was becoming an excellent hunter. With his echolocation skills, he could detect schools of fish and with his quickness he often surprised and caught some of them.

Payeto se estaba convirtiendo en un excelente cazador. Con sus habilidades de eco-localización, podía detectar bancos de peces a gran distancia, y con su rapidez, a menudo sorprendía y capturaba a algunos de ellos.

As the trio searched the small bay, Payeto sent out high-pitched sounds, his mind listening to what echoes came back.

Then he heard it, a slow moving school of fish. It was near the beach. He called his friends.

Immediately, Tisco and Tasco appeared in front of him.

"There's a school of fish near the shore. Let's rush them," said Payeto.

"Yes!" exclaimed Tasco.

"Let's do it!" exclaimed Tisco, glad to chase something that didn't bite back.

Not waiting for further direction, the two darted towards the beach.

"Okay then," said Payeto to himself, then chased after the hungry totoaba.

Together, they charged the school of shimmering sardines.

Kersplash!

Kersplash! Kersplash!

The water around the three hunters

Mientras este trío nadaba por la pequeña bahía, Payeto enviaba sonidos agudos para escuchar lo que el eco le traía.

Fue así como lo oyó, un banco de peces en movimiento. El banco estaba cerca de la playa. Llamó a sus amigos.

Inmediatamente Tisco y Tasco aparecieron frente a él.

"Hay un banco de peces cerca de la orilla. Vamos a apurarnos", dijo Payeto.

"¡Sí!", Exclamó Tasco.

"¡Vamos a hacerlo!" Exclamó Tisco, "espero encontrar algo que no me muerda".

Sin esperar más instrucciones, los dos se lanzaron hacia la playa.

"Está bien, entonces vamos" se dijo Payeto a sí mismo siguiendo a los hambrientos totoabas.

Juntos encontraron el banco de sardinas.

KERSPLASH!

KERSPLASH! KERSPLASH!

El agua alrededor de los tres cazadores

exploded in spray and bubbles.

era una explosión de espuma y burbujas.

Kersplash! Kersplash! Kersplash!

KERSPLASH! KERSPLASH! KERSPLASH!

The sardines disappeared in flashes of fleeing fins.

En un momento las sardinas desaparecieron como destellos de aletas que huían.

Thump!

¡Catalplúm!

Payeto hit something. Bubbles cleared and he saw a pelican, bill full of fish, staring at him. The bird's pouch had a rusty fish hook stuck in it. With a quick thrust of its wings, the pelican shot up to the surface.

Payeto golpeó algo. Las burbujas se aclararon y vio a un pelícano y a una línea llena de peces mirándolo fijamente. La bolsa del ave tenía pegado un anzuelo oxidado. El pelícano, con un movimiento rápido de alas, nadó a la superficie.

"It's mine! It's mine!"

"¡Es mío! ¡Es mío!"

Payeto circled to see Tasco trying to wrestle a fish from another pelican's mouth. The much bigger bird won the tug-of-war with a quick shake of its head and ascended.

Payeto se volteó para ver a Tasco tratando de jalar un pez de la boca de otro pelícano. El ave, mucho más grande que él, ganó al pez con un movimiento brusco de cabeza y se elevó.

"It's not fair!" grumped Tasco

"¡No es justo!" Gruñó Tasco

"No, it's not fair," said Tisco, appearing with nothing to show for his feeding efforts.

"No, no es justo", dijo Tisco, apareciendo sin nada que mostrar tras sus esfuerzos en vano de alimentarse.

"No, it's not," said Payeto, "but we'd better get used to it." He looked up at

"No, no lo es," dijo Payeto", pero será mejor que nos acostumbremos."

the bobbing bottoms of the well fed pelicans. "Let's find something else to eat," he said and headed for deeper water.

Mirando hacia arriba vieron el meneo de las colas de los pelícanos bien alimentados. "Vamos a buscar algo para comer" dijo Payeto dirigiéndose a aguas más profundas.

Survival wasn't much fun, Payeto thought. Searching for food and catching it left little time for play. He missed his younger days. He missed his mom. Suddenly, he was sad.

La supervivencia no era muy divertida, pensó Payeto. Buscar alimentos y capturarlos dejaba poco tiempo para jugar. Echaba de menos sus días de juventud. Echaba de menos a su madre. De pronto, Payeto se sintió triste.

The three hungry friends approached the Shelf, the place where the shallow turquoise water dropped sharply down into darkness. Afraid to venture into this unknown world, they'd avoided the Shelf. But now hunger drove them on.

Los tres amigos, todavía hambrientos, se acercaron a la Plataforma, el lugar donde el agua turquesa y poco profunda caía bruscamente hacia la oscuridad. Con miedo de aventurarse en un mundo desconocido, ellos siempre habían evitado ir a la Plataforma. Pero ahora el hambre los manejaba.

They stopped in surprise as a squiggly pink cloud of creatures squirted up from the depths.

Se detuvieron con sorpresa al ver como una nube ondulada de criaturas color rosa salía de las profundidades.

"Squid!" yelled Tisco.

"¡Calamar!" Gritó Tisco.

"Baby squid!" shouted Tasco, as the two rushed into the pulsing tangle of tentacles and gorged themselves on their favorite food.

"¡Chipirones!", Gritó Tasco, mientras los dos se apresuraron hacia la maraña de tentáculos. Comieron hasta hartarse de su comida favorita.

Payeto followed and began happily devouring tiny squid.

Payeto los siguió y comenzó felizmente a devorar a un pequeño calamar.

"Yummy!" said Tasco.

"¡Delicioso!", Dijo Tasco.

Tisco answered with a loud "BURP!"

Tisco respondió con un ruido "¡BURP!"

Payeto stopped chewing and looked around. He was surrounded by thousands of tiny pink squid. The ocean was a surprising place, he thought. One moment his food was taken away from him, the next it nearly swam into his mouth.

Payeto dejó de masticar y miró alrededor. Estaba rodeado de miles de pequeños calamares rosas. El océano era un lugar sorprendente, pensó. Hace un momento le habían quitado la comida y poco después la comida estaba nadando hacia su boca.

Payeto froze as the pink wall parted and a huge, menacing black eye stared at him.

Payeto se congeló cuando de pronto la pared de color rosa se abrió y un enorme y amenazante ojo negro se lo quedó mirando.

"What are you doing here!" boomed a voice from a giant red and dark splotched head that rose in front of him.

"¿Qué estás haciendo aquí!" Dijo la voz de un gigante con una cabeza roja y oscura que se alzó frente a él.

Inches from this terrifying monster Payeto was speechless.

A tan solo unas pulgadas de este monstruo aterrador Payeto se quedó sin habla.

"This is my world. You don't belong here!" roared the giant Humboldt squid, perhaps the most terrifying creature in the Gulf. Suddenly, two monstrous tentacles struck out at the porpoise.

"Este es mi mundo. ¡Tú no perteneces aquí!", rugió el calamar gigante. El calamar de Humboldt es tal vez la criatura más aterradora de todo el Golfo. De repente, dos monstruosos tentáculos empujaron a la marsopa.

"Red Devil!" came the warning screech of Tisco and Tasco.

"¡El Diablo rojo!" le llegó el grito de advertencia de Tisco y Tasco.

But Payeto was long gone in the opposite direction, his fluke beating frantically to escape the most frightening thing he'd ever seen.

Pero Payeto ya se había ido en la dirección opuesta, escapando frenéticamente de la cosa más aterradora que nunca antes hubiera visto.

Yes. Mother Ocean was full of surprises.

Sí. El océano estaba lleno de sorpresas.

CHAPTER 14

Every seat in the church was filled and people were standing along the side walls. Near the front, Miguelito sat beside Pedro, Rosa, and the twins. Behind the family, Viktor smiled his toothless grin at the boy. Miguelito looked across the aisle and saw Magda and Sonya. Magda turned and winked. Miguelito's face flushed. Then he saw Carlos and Jimmy, standing against the far wall.

Cada asiento de la iglesia estaba ocupado y había gente de pie a lo largo de las paredes laterales. Cerca de la parte frontal, Miguelito se sentó junto a Pedro, Rosa y las gemelas. Detrás de la familia estaba Victor, quien le sonrió con una sonrisa desdentada. Miguelito miró al otro lado del pasillo y vio a Magda y a Sonya. Magda se volteó y le guiñó un ojo. Miguelito se sonrojó y alcanzó a ver a Carlos y a Jimmy, de pie contra la pared del fondo.

It was unusual to have a town meeting in the church, but it was the largest space available and this meeting affected the entire community.

Era raro tener una reunión del pueblo en la iglesia, pero ésta era el espacio disponible más grande en el pueblo y la reunión afectaba a toda la comunidad.

Heads turned as Father Reynaldo entered the back of the church.

Todas las cabezas se voltearon para ver entrar al Padre Reynaldo por la parte posterior de la iglesia.

The old priest stopped and looked out at the many faces peering at him. God's house was full tonight, he thought, and God's help would be needed to get through this meeting. He walked up the aisle, nodding at his parishioners. Then he looked up at the pulpit, the raised speaking platform

El viejo sacerdote se detuvo y miró hacia la multitud que lo observaba. "La casa de Dios esta llena esta noche", pensó, "y la ayuda de Dios será necesaria para salir adelante en esta reunión". Caminó por el pasillo saludando a sus fieles. Luego, levantó la vista hacia el púlpito para ver la

over one side of the altar.

There stood the ghost Sanchez, smiling at him. Well, thought Father Reynaldo, it's too bad no one can hear the ghost. Tonight I'll need all the help I can get.

Miguelito watched Father Reynaldo climb the three altar steps and turn to face the townspeople. To the priest's left, two other men stood silently. One of them Miguelito knew. It was Rodrigo, the government man, looking uneasy in his starched khaki uniform. Beside him was a short, nearly bald man dressed in a rumpled suit with a polka dot bow tie. He smiled as he wiped his glasses on his shirt. Behind them was a display board covered with charts and a map. Miguelito recognized the Gulf of California.

Raising his arms to quiet the crowd, Father Reynaldo said in his strong, deliberate voice, "Good evening, fellow citizens."

The crowd quieted.

"Thank you for coming," said the priest. "Tonight is an important occasion. But before we start, let us pray and thank the Lord for letting us

plataforma a un lado del altar.

Allí estaba el fantasma Sánchez, sonriéndole. "Bueno", pensó Padre Reynaldo, "es una lástima que nadie pueda oír al fantasma. Esta noche voy a necesitar toda la ayuda que pueda conseguir".

Miguelito observó al Padre Reynaldo subir los tres escalones del altar y girarse hacia la gente del pueblo. A la izquierda del sacerdote, otros dos hombres se quedaron en silencio. Miguelito conocía a uno de ellos. Era Rodrigo, el hombre del gobierno, mirando inquieto en su almidonado uniforme caqui. A su lado había un hombre bajo y casi calvo, vestido con un traje arrugado y un corbatín de bolitas. Sonrió mientras se limpiaba las gafas con la camisa. Detrás de ellos había una placa cubierta con gráficos y un mapa. Miguelito reconoció al Golfo de California.

Levantando sus brazos para calmar a la multitud, el padre Reynaldo habló con vos fuerte y deliberada, "Buenas noches, conciudadanos."

La multitud hizo silencio.

"Gracias por venir", dijo el sacerdote. "Esta noche es una ocasión importante. Pero antes de empezar, vamos a orar y dar gracias al Señor

use his house."

The people bowed their heads as Father Reynaldo prayed, "Holy Father, we thank you for blessing this gathering, for giving us open minds and strong hearts to guide us through these challenging times. Thank you for blessing this community. May we always respect each other and the natural world that supports us. Amen."

"Amen," answered the people.

The church was stone silent. Father Reynaldo surveyed the people he'd served and loved for fifty years. He felt the tension in their faces.

He continued, "My friends, we are here tonight because of a crisis in our community. As you know, the fishery that has sustained San Pedro for generations is in decline. This is also true in neighboring fishing towns. Tonight, we have two guests from the National Institute of Fisheries, who will share the government's plan to deal with our crisis. Let me introduce them."

The Father turned to the men beside him. "First," he said, "Mr. Rodrigo

por dejarnos usar su casa".

Las personas inclinaron sus cabezas mientras el Padre Reynaldo oraba: "Santo Padre, te damos gracias por la bendición de esta reunión, por darnos mentes abiertas y corazones fuertes para guiarnos a través de estos tiempos difíciles. Gracias por la bendición de esta comunidad que siempre se respeta mutuamente y por el entorno natural que nos rodea. Amén".

"Amén", respondió el pueblo.

La iglesia estaba en silencio. Padre Reynaldo contemplaba a la gente que había servido y amado durante cincuenta años. El podía sentir la tensión en sus rostros.

Y continuó: "Mis amigos, estamos aquí esta noche debido a una crisis en nuestra comunidad. Como usted saben, la pesca que ha sostenido a San Pedro por generaciones está en declive. Esto también está pasando en vecinos pueblos pesqueros. Esta noche, tenemos dos invitados del Instituto Nacional de Pesca, quienes compartirán el plan del gobierno para hacer frente a nuestra crisis. Permítanme presentarlos".

El Padre se dirigió a los hombres a su lado. "En primer lugar", dijo, "El Sr.

Marquez."

Rodrigo Márquez".

Rodrigo raised his hand and smiled to a smattering of applause.

Rodrigo levantó la mano y le sonrió al puñado de aplausos que se escucharon.

Father Reynaldo continued, "and Mr. Lopez Salazar."

Padre Reynaldo continuó, "y el Sr. López Salazar."

The little bald man saluted the wary faces.

El pequeño hombre calvo saludó a las caras cautelosas que lo observaban.

"Rodrigo, I turn the meeting over to you," said the priest who then sat in the chair under the pulpit as Grandfather Sanchez smiled down on him.

"Rodrigo, le cedo la palabra a usted", dijo el sacerdote sentándose en la silla bajo el púlpito mientras el Abuelo Sánchez le sonreía.

Rodrigo began, "My friends, Lopez and I are here to share some facts with you and then we'd like to discuss a plan for how we can meet our fisheries challenge. We know fishing is the lifeblood of San Pedro, and we welcome your comments at the end of our presentation. Thank you."

Rodrigo comenzó, "Mis amigos, López y yo estamos aquí para compartir algunos hechos con ustedes y luego nos gustaría discutir un plan de cómo podemos hacer frente a nuestro reto en la pesca. Sabemos que la pesca es el alma de San Pedro por eso les damos la bienvenida a sus comentarios al final de nuestra presentación. Gracias."

Rodrigo turned to the bald man, "Lopez, please share your research."

Rodrigo se volteó hacia el hombre calvo, "López, por favor comparta su investigación."

Lopez stepped forward and smiled as he looked over the curious crowd. "Good evening," he spoke slowly, "did you know my father was a fisherman? Yes, and my grandfather too. I grew up near here, in Santa Clara. When I

López se adelantó y sonrió mientras miraba a la curiosa multitud. "Buenas noches," Hablaba despacio, "¿sabían que mi padre era un pescador? Sí, y mi abuelo también. Crecí cerca de aquí,

was a boy, I loved to go down to the docks and watch the fishing boats come in, full of fish, the men smiling after a good catch. Those were good times."

en Santa Clara. Cuando yo era niño, me encantaba ir a los muelles y ver los barcos de pesca que venían llenos de peces, así como a los hombres que sonreían después de haber tenido una buena pesca. Esos sí que eran buenos tiempos. "

Lopez paused, again looking over his audience, then, taking a stick from the display board, he pointed to a graph.

He continued, "That was years ago, more than twenty in fact," tapping loudly on the high point of a bold graph hung on the board.

López hizo una pausa de nuevo mirando por encima de su audiencia. A continuación, tomó el indicador de la pantalla y señaló una gráfica. "Eso fue hace años, más de veinte años de hecho," dijo golpeando con fuerza en el punto culminante de la audaz gráfica colgada en el tablero.

"As you can see from this graph of yearly fish take from the Gulf of California, every year since has produced fewer and fewer fish."

"Como se puede ver en esta gráfica anual de peces, tomada del Golfo de California, cada año desde entonces se han producido menos peces."

All eyes watched as the pointer moved lower and lower following the sinking line of yearly catch.

Todos los ojos observaban con atención mientras el puntero bajaba más y más después de la línea de hundimiento de la pesca anual.

Lopez stopped and faced the crowd, "We're running out of fish." Then he turned to the graph again and pointed to the dramatic decline of the fishery.

López se detuvo y miró a la multitud: "Nos estamos quedando sin peces". Luego se volteó hacia la grafica de nuevo y apuntó a la dramática disminución de la pesca.

"We're simply running out of fish."

"Nos estamos simplemente quedado sin peces."

Lopez stopped as the crowd

López se detuvo cuando parte del

murmured and whispered to each other.

público comenzó a murmurar y susurrar entre sí.

"I'm a scientist and my job is to find the facts that explain this decline," said Lopez earnestly. "Here's what we know."

"Soy un científico y mi trabajo es encontrar los hechos que expliquen este descenso", dijo López con seriedad. "Esto es lo que sabemos".

He pointed at other graphs that showed how the combination of more fisherman, better fishing equipment, and lack of enforced fishing regulations had brought on the dramatic drop in fisheries catch.

Señaló la grafica que mostraba cómo la combinación de más pescadores, mejor equipo de pesca y la falta de regulación habían provocado la dramática caída en la captura de peces.

Lopez faced the people and turned solemn, "Yes, there are far fewer fish now than in my grandfather's time. In fact, in some cases, species are nearly extinct."

López se volteó solemne para enfrentarse a la gente: "Sí, hay muchos menos peces ahora que en la época de mi abuelo. De hecho, en algunos casos, las especies ya están casi extinguidas".

He flipped a page on the board and pointed at the picture of a large fish. Most everyone in the church knew what it was.

Pasó una página en la pizarra y apuntó a la imagen de un pez grande. Casi todo el mundo en la iglesia sabía lo que era.

Lopez spoke. "This fish, the totoaba, is threatened because greedy poachers are catching it outside the law and selling it to overseas markets."

López habló. "Este pez, la totoaba, se ve amenazada porque los codiciosos cazadores están pescándolos ilegalmente y vendiéndolos en el mercado negro."

The scientist flipped to another picture and pointed to a porpoise with black markings around its mouth and eyes.

El científico pasó a otra imagen y señaló a una marsopa con marcas negras alrededor de la boca y los ojos.

Miguelito gasped. He immediately recognized the vaquita porpoise. He remembered the dead vaquita Pepé had thrown overboard. He remembered hugging the little masked porpoise, how it had looked into his eyes before he put it back in the water.

Miguelito se quedó sin aliento. De inmediato reconoció a la vaquita marina. Recordó la vaquita muerta. Pepe la había tirado por la borda. Recordó que abrazó a la pequeña marsopa enmascarada y recordó la forma en que lo había mirado a los ojos antes de que él la pusiera de nuevo en el agua.

Lopez continued, "The vaquita porpoise, the smallest porpoise in the world, only lives here, in the Gulf of California. Like the totoaba, it is illegal to catch vaquita porpoises. But, there are perhaps only one hundred of these precious creatures left because they are killed in nets that catch other fish."

López continuó, "La vaquita marina, la marsopa más pequeña del mundo, sólo vive aquí, en el Golfo de California. Al igual que la totoaba, es ilegal atrapar a las vaquitas marsopas. Sin embargo, tal vez sólo quede un centenar de estas preciosas criaturas ya que mueren atrapadas en redes que capturan otros peces".

Miguelito, feeling uneasy, was closely watching the scientist.

Miguelito, sintiéndose inquieto, observó de cerca al científico.

Lopez put down his pointer and turned to his quiet audience. "What have we learned?" he asked. "We've learned that we have a problem. Our relationship with Nature is out of balance, the fishery is rapidly declining and some species are nearly extinct. We're taking more than Nature can give back."

López dejó el puntero y se dirigió a su expectante público. "¿Qué hemos aprendido?", Preguntó. "Hemos aprendido que tenemos un problema. Nuestra relación con la naturaleza está fuera de balance, la pesca está disminuyendo rápidamente y algunas especies están casi extintas. Estamos tomando más de lo que la naturaleza nos puede dar".

He stopped, and again looked into all the worried faces, "We've learned that the problem is us."

Se detuvo y volvió a mirar las caras de preocupación, "Hemos aprendido que el problema somos nosotros."

Lopez concluded, "None of this is surprising to you. My job is to put the facts on the table so we can work together to create a sustainable solution to our problem, a new way to live with Nature where we only take what Nature can replenish."

López concluyó, "Nada de esto es sorprendente para ustedes. Mi trabajo es poner los hechos sobre la mesa para que podamos trabajar juntos en crear una solución sostenible para nuestro problema, una nueva manera de vivir con la naturaleza, donde sólo tomemos lo que la naturaleza pueda reponer".

Lopez gestured to the other government man. "This is where Rodrigo comes in."

López hizo un gesto hacia el otro hombre de gobierno. "Aquí es donde entra Rodrigo."

Rodrigo stepped to the front of the platform and addressed the anxious people, "We know something must be done to prevent the fishery here from disappearing. After serious discussion with scientists and fisheries planners, the government proposes to stop all fishing for two years."

Rodrigo dio un paso al frente de la plataforma y se dirigió a la ansiosa multitud "Sabemos que hay que hacer algo para evitar que los peces desaparezcan. Después de una discusión seria con científicos y planificadores de pesca, el gobierno propone detener toda la pesca por dos años".

A cry of protests erupted from the crowd.

Un grito de protesta surgió de la multitud.

Rodrigo raised his hands and attempted to quiet the irate fishermen. He pleaded, "Please, let me continue."

Rodrigo levantó las manos y trató de calmar a los pescadores furiosos diciendo: "Por favor, déjenme continuar."

The uproar subsided and concerned and angry faces waited.

El alboroto cesó y los rostros preocupados y enojados esperaron.

Rodrigo continued, "The government is prepared to pay you to not fish for

Rodrigo continuó: "El gobierno está dispuesto a pagar para que no pesquen

two years, a fair compensation that will give fishermen a living wage for this time while the fishery recovers."

por dos años, una justa indemnización que les dará a los pescadores un salario digno por este tiempo mientras se recupera la pesca."

The crowd roared and several men jumped to their feet.

La multitud susurraba y varios hombres se pusieron de pie.

"What kind of plan is this!" screamed one, waving his fist.

"¿Qué tipo de plan es este?!", Gritó uno, agitando su puño.

"My family has been fishing for five generations," yelled another, "what do we do if we don't fish?"

"Mi familia ha estado pescando durante cinco generaciones", gritó otro, "¿qué hacemos si no pescamos?"

There were other voices, some curses.

Había otras voces, algunas maldiciones.

Suddenly on his feet with a cross held high over his head, Father Reynaldo spoke, "This is the Lord's house!"

De repente, de pie con la cruz en alto sobre su cabeza, Padre Reynaldo dijo: "Esta es la casa del Señor!"

Shamed, the people hushed.

Avergonzada, la gente hizo silencio.

Pedro, hat in hand, stood, and looked around at his troubled community. The he spoke directly to Rodrigo.

Pedro, sombrero en mano, se puso de pie, miró a su comunidad en problemas y se dirigió directamente a Rodrigo.

"My family has fished for generations in San Pedro. The ocean and its fishery are our life. You tell us that the catch is declining. We know this. But then you tell us that the way to bring the fish back is to stop fishing, for all of us to give up our work, our history, our way of being, and for this you, the

"Mi familia ha pescado por generaciones en San Pedro. El océano y su pesquería son nuestra vida. Usted nos dice que la captura está disminuyendo. Sabemos esto. Pero entonces usted nos dice que la manera de traer el pescado es detener la pesca, para todos nosotros eso es renunciar

government, will pay us, the fisherman to stop fishing."

a nuestro trabajo, a nuestra historia, a nuestra forma de vida, y para ello, el gobierno nos va a pagar".

Pedro stopped and looked around, waving his arm at the nervous throng.

Pedro se detuvo y miró a su alrededor, agitando su brazo hacia una multitud nerviosa.

"What of those who don't fish? The businesses that sell us nets, the men who repair our boats, the women who process the fish? Is the government going to pay them too?"

"¿Qué pasa con aquellos que no pescan? ¿Las empresas que nos venden las redes, los hombres que reparan nuestros barcos, las mujeres que procesan el pescado? ¿El gobierno les va a pagar a ellos también? "

Words came from many mouths repeating these questions.

Las palabras salían de muchas bocas repitiendo estas preguntas.

"No," continued Pedro, "this plan may save the fish but it will destroy us. You want us to give up our livelihood to save a porpoise. No!" With that Pedro took his wife by the arm and led his family out of the church. Rosa crossed herself as she left the pew and then looked sadly at the two government men.

"No", continuó Pedro, "este plan puede salvar a los peces pero nos destruirá a nosotros. Usted quiere que renunciemos a nuestro medio de vida para salvar a una marsopa. ¡No!" Pedro tomó a su mujer por el brazo y se llevó a su familia de la iglesia. Rosa se persignó mientras salía y luego miró con tristeza a los dos hombres del gobierno.

Saying not a word more, the rest of the townspeople followed.

Sin decir ni una palabra más, el resto de la gente del pueblo lo siguió.

Rodrigo, watching his audience leave, threw up his arms in frustration. "What can we do, Lopez?" he asked the scientist.

Rodrigo, mirando a su audiencia salir, levantó los brazos en señal de frustración. "¿Qué podemos hacer, López?", Preguntó el científico.

Lopez put an arm on Rodrigo's shoulder and said nothing.

López puso un brazo sobre el hombro de Rodrigo y no dijo nada.

"Well priest, seems you and God have a lot of work to do," said a voice over Father Reynaldo's head.

"Bueno sacerdote, tú y Dios parecen tener un montón de trabajo que hacer", dijo una voz sobre la cabeza del Padre Reynaldo.

He looked up to see Sanchez smiling at him.

Este levantó la vista para ver a Sánchez sonriéndole.

"Yes, we do," muttered the priest as he crossed himself and watched the last of his unhappy flock depart.

"Sí, que tenemos", murmuró el sacerdote mientras se persignaba y observaba al último de su rebaño salir.

Magda and Miguelito rescue Rusty / Madga y Miguelito rescatan a Rusty

CHAPTER 15

As he hobbled along the beach, Miguelito's mind was tormented by thoughts of last night's meeting. Everyone had left angry. Everyone was mad at the government man.

Mientras cojeaba por la playa, la mente de Miguelito se encontraba atormentada por los pensamientos de la reunión de anoche. Todo el mundo se había ido enojado. Todo el mundo estaba enojado con el hombre del gobierno.

He understood that the government's plan was not the best thing, but he also knew each day the fleet came back with fewer and fewer fish. Anger alone would not save the fishery.

Él entendió que el plan del gobierno no era el mejor, pero también sabía que cada día la flota regresaba con cada vez con menos peces. La ira por sí sola no salvaría a la pesca.

Miguelito leaned on his crutch and looked out at the peaceful ocean. He felt the morning sun's warmth on his face and the soft breeze caress his hair. He stared at the gentle waves and wondered what people must do to save the fish below those waters. What could be done to make things better?

Miguelito se apoyó en la muleta y miró hacia el Océano Pacífico. Sintió el calor del sol de la mañana en el rostro y la suave brisa acariciando su pelo. Se quedó mirando las suaves olas y se preguntó qué es lo que las personas deben hacer para salvar a los peces que están debajo de esas aguas. ¿Qué podría hacerse para mejorar las cosas?

He spun sideways to look at Zorro. Furiously throwing sand behind him, the little monkey was digging out a buried plastic bottle. The beach was strewn with garbage. Mostly plastic, there was everything from Styrofoam coolers to rope and beverage containers. These were all playthings

Giró para mirar Zorro quien furiosamente lanzaba arena detrás de él, tratando de cavar para sacar una botella de plástico enterrada. La playa estaba cubierta de basura. Aparte de plástico, había de todo, desde hieleras de espuma de polietileno hasta contenedores de bebidas. Todos estos

for Zorro.

So intent was the monkey on extracting the bottle that he didn't see a large wave that swept up and over his feet.

"Eeeek!" cried Zorro as he scampered up to dry land.

Zorro shook himself and Miguelito laughed. Then he wondered, where does all this garbage come from.

People, he thought.

"Squawk!"

Startled, the boy looked ahead to see something thrashing about on the beach. He looked closer.

It was a pelican struggling to free itself from a fishing net. As Miguelito approached, he saw that the bird was hopelessly entangled, its feet unable to move, and only one wing free to flap about. In desperation, the bird twisted, hopped, pulled at the net with its bill and then collapsed, exhausted.

Miguelito hunched over his crutch and looked at the still and silent bird. Two yellow eyes looked back at him. Miguelito saw that the net was not the pelican's only problem. Stuck in its

eran juguetes para Zorro.

Tanto era el interés del mono por extraer la botella, que no vio a una gran ola que lo barrió dejándolo pies arriba.

"Eeeek!", exclamó Zorro mientras correteaba hasta tierra firme.

Zorro se sacudió y Miguelito se rió, pero luego se preguntó, "¿De dónde viene toda esta basura?".

De la gente, pensó.

"Squawk!"

Sorprendido, el muchacho miró hacia adelante para ver algo agitándose en la playa. Lo miró más de cerca.

Era un pelícano que luchaba por liberarse de una red de pescadores. Al acercarse, Miguelito vio que el ave estaba irremediablemente enredada sin poder moverse, y sólo podía aletear con una de sus alas libres. En su desesperación, el pájaro se retorció y saltó, jalando la red con su pico para luego derrumbarse exhausto.

Miguelito encorvado sobre su muleta miró al pájaro callado y quieto. Dos ojos amarillos lo observaban. Miguelito vio que la red no era el único problema del pelícano.

lower bill pouch was a rusty fishing hook. The bird did not move but the two eyes followed Miguelito as he eased himself onto the sand.

Enganchada en la parte baja de su pico, tenía un anzuelo. El ave no se movía, pero los dos ojos seguían a Miguelito mientras él se movía en la arena.

"This is what happens with all the garbage we toss into the ocean," a soft voice said behind him.

"Esto es lo que sucede con toda la basura que arrojamos en el océano", dijo una voz suave detrás de él.

Surprised, Miguelito turned to see Magda beside him.

Sorprendido, Miguelito se volvió para ver a Magda a su lado.

"These nets are floating death traps," she said kneeling next to him, carefully putting her hands on the pelican. "Fish get caught in them and then birds like Rusty here, come by for a free lunch, only to get caught themselves."

"Estas redes son trampas mortales flotantes", dijo ella de rodillas a su lado, poniendo cuidadosamente sus manos en el pelícano. "Los peces quedan atrapados en ellas y luego aves como Rusty vienen a comer sólo para quedar atrapadas ellas también."

Magda looked over at Miguelito, "Do you have a knife?"

Magda miró a Miguelito, "¿Tienes un cuchillo?"

He took his knife out and opened it.

El tomó su cuchillo y lo abrió.

"Carefully cut away the net," she said as she firmly held the pelican.

"Cuidadosamente corta la red", le dijo mientras ella agarraba firmemente al pelícano.

Zorro crept up and sat beside the helpless bird. The two animals looked at each other as Zorro gently stroked the bird's head.

Zorro se arrastró y se sentó junto al pájaro indefenso. Los dos animales se miraron mientras Zorro acarició suavemente la cabeza del ave.

Miguelito began to cut. "You called him Rusty," he said.

Miguelito comenzó a cortar. "Lo llamaste Rusty", dijo.

"He's got that rusty fish hook in his pouch," answered Magda, "probably trying for another free lunch at the expense of some fisherman. Rusty's not been having much luck lately. But, today that changes."

"Tiene un anzuelo oxidado en su pico", respondió Magda, "probablemente por tratar de conseguir un almuerzo gratis a expensas de algún pescador. Rusty no ha tenido mucha suerte últimamente. Pero hoy eso ha cambiado".

Zorro stood to the side and watched as the net was slowly removed and the big grey bird began to cautiously move again. Magda carefully cradled the bird's head in her arms as Miguelito took away the last of the net.

Zorro se movió a un lado y observó como lentamente quitaban la red y el gran pájaro gris comenzaba a moverse con cautela nuevamente. Magda tomó la cabeza del ave en sus brazos mientras Miguelito le quitaba el ultimo pedazo de red.

"Good!" she said, holding the pelican's beak securely, "now let's get rid of that nasty hook."

"¡Bien!", dijo, sosteniendo el pico del pelícano con seguridad, "ahora vamos a deshacernos de ese anzuelo desagradable."

The bird did not resist as Miguelito cut the hook in half and removed it from the pouch, leaving a rusty outline behind. Magda carefully placed the Pelican on its feet and pulled away the last of his human garbage trap. Boy and girl leaned back and waited.

El ave no podía resistirse mientras Miguelito cortaba el anzuelo por la mitad y lo sacaba del pico. Magda puso cuidadosamente al Pelicano de pie y le quito el resto de la trampa de basura humana . El chico y la chica se hicieron hacía atrás y esperaron.

For a moment, Rusty simply stared at them with his quiet yellow eyes. Then, sensing freedom, he slowly raised and unfolded his wings and gently moved them in the air. He raised his bill skyward and stretched his neck. Finally, he slowly lifted each foot above the net. Certain now that he'd

Por un momento Rusty simplemente los miró fijamente con sus tranquilos ojos amarillos. Luego, sintiéndose libre, se levantó lentamente y desplegó sus alas moviéndolas suavemente en el aire. Rusty levantó el pico hacia el cielo y estiró el cuello. Finalmente, levantó cada pie por encima de la

been released, Rusty shook himself, looked back at his rescuers and squawked loudly.

His audience cheered.

"I think Rusty's happy," said Magda, smiling at Miguelito and gently holding his arm.

As if to prove this was so, the pelican started towards the water, wings flapping, and took off towards the group of pelicans floating nearby.

Magda helped Miguelito to his feet and handed him his crutch. Then, she and Zorro rolled up the cast off net into a ball, saying, "Let's not leave this to hurt anything else."

She tied a piece of rope to the net ball and handed it to Miguelito. "Here, you are now the official beach garbage man."

Miguelito took the rope and smiled. Somehow, being the beach garbage man felt good.

There was squawking overhead and they looked up to see a formation of pelicans flying at them. In front was Rusty. He looked back and squawked as he passed, followed by a line of

red. Ahora sí había sido puesto en libertad. Rusty se sacudió, miró a sus rescatadores y chilló en voz alta.

Su público le aplaudió.

"Creo que Rusty está feliz", dijo Magda sonriéndole a Miguelito y sosteniéndose suavemente de su brazo.

Como para demostrar que esto era así, el pelícano se lanzó hacia el agua y batiendo sus alas nadó hacia un grupo de pelícanos que estaba cerca.

Magda ayudó a Miguelito a ponerse de pie y le dio la muleta. Entonces ella y Zorro enrollaron la red formando una bola "No dejemos que esto lastime a nadie más· dijo Magda.

Ató una cuerda a la bola hecha de red y se la entregó a Miguelito. "Aquí está, ahora tú serás el hombre oficial de la basura de la playa."

Miguelito tomó la cuerda y sonrió. De alguna manera, ser el hombre de la basura de la playa le hacía sentirse bien.

Escucharon graznidos desde arriba y miraron para ver una formación de pelícanos volando encima de ellos. Al frente iba Rusty, quien miró hacia atrás y chilló al pasar seguido de una línea

graceful, noisy gray birds. It was a pelican fly-by.

de elegantes y ruidosos pájaros grises. Era un desfile de pelícanos.

Zorro waved from Miguelito's shoulder. Boy and girl laughed, then smiled at each other as they slowly walked back to town.

Zorro saludó desde el hombro de Miguelito. El muchacho y la muchacha se rieron mientras regresaban al pueblo.

CHAPTER 16

"I'm lost!" Payeto confessed to the empty ocean around him.

"¡Estoy perdido!" Payeto le confesó al océano vacío a su alrededor.

Four eyes appeared in front of his face.

Cuatro ojos aparecieron frente a su cara.

"Lost?" asked Tisco..

"¿Perdido?", Preguntó Tisco .

"What does that mean?" asked Tasco.

"¿Qué significa eso?", Preguntó Tasco.

Payeto looked at his fish friends and answered, "It means I don't know where I'm going."

Payeto miró a sus amigos y respondió: "Significa que no sé a dónde voy."

"Why do you need to go somewhere?" asked Tasco.

"¿Por qué tienes que ir a algún lado?", Pregunto Tasco.

"Yes, why can't you just be where you are?" asked Tisco.

"Sí, ¿Por qué no simplemente puedes quedarte donde estás?", Pregunto Tisco.

"I don't know," said Payeto. "It just feels like I'm supposed to go somewhere, do something."

"No lo sé", dijo Payeto. "solamente siento que tengo que ir a algún lado, a hacer algo."

He paused, then said sadly, "I guess I thought my mom would tell me these things but now she's gone."

Hizo una pausa y luego dijo con tristeza: "Supongo que pensé que mi mamá me diría estas cosas, pero ahora se ha ido."

His companions looked at each other, then at the lonely porpoise.

Sus compañeros se miraron entre ellos, y luego a la marsopa solitaria.

"We need to..."

Tisco and Tasco disappeared in a blast of turbulence that sent Payeto rolling over and over. Struggling to upright himself, Payeto heard two small voices yell,

"Sea wolves!"

A huge black form sped by sending out an underwater wave that tossed Payeto sideways.

"Sea wolves!" said the two frightened totoaba now huddled against his side.

Then he remembered. Sea wolves. Killer whales. His mom had once shown him a pod of these terrifying black and white giants.

She'd warned him, "Payeto, killer whales are the most ferocious hunters in the sea. They are fast, powerful, and smart. Stay away from them. They are the deadliest creatures in the ocean."

Payeto cautiously peeked above the surface. He saw a dozen tall, menacing dorsal fins swimming rapidly in a circle.

They've trapped something, thought Payeto, as he moved closer.

"Necesitamos ..."

Tisco y Tasco desaparecieron en una explosión de turbulencia que dejó a Payeto girando. Luchando en posición vertical Payeto oyó dos vocecitas gritar

"¡Lobos marinos!"

Una gran forma negra aceleró y envío una onda submarina que arrojó a Payeto hacia un lado.

"Orcas!", dijeron los dos totoaba, ahora asustados, acurrucándose contra su costado.

Entonces recordó. Orcas, ballenas asesinas. Su madre una vez le había hablado de estos aterradores gigantes de color blanco y negro.

Ella le había advertido, "Payeto, las orcas son los cazadores más feroces del mar. Son rápidos, de gran alcance e inteligentes. Mantente alejado de ellos. Son las criaturas más mortíferas del océano".

Payeto cauteloso se asomó por encima de la superficie y vio una docena de colas y amenazadoras aletas dorsales nadando rápidamente en círculo.

Han atrapados algo, pensó Payeto, mientras se acercaba.

Then he saw what the sea wolves had surrounded. In the center of the circling predators was another circle of even larger gray whales. Heads towards the center and tails out, a group of mothers were protecting their calves.

A killer whale shot between two of the mothers and was savagely beaten by their tails. Another hunter tried a different opening and was thrashed. Payeto could hear the frantic voices of the calves in the center, but the mothers did not break their formation.

After several more frustrated attempts, the sea wolves lost interest and disappeared.

"Payeto!" screeched two frantic fish voices behind him.
Payeto swerved as a mouthful of teeth shot by him. He looked back and saw nothing, then he saw the shark rushing at him from below.

"Swim, Payeto!" cried his frantic friends.

And he did, as fast as he could, but the savage shark was nearly on him.

Then the little porpoise was tossed about by a thrust of wild turbulence

Entonces vio lo que las ballenas habían rodeado. En el centro de los depredadores había un círculo de ballenas grises aún más grandes. Con las cabezas hacia el centro y las colas hacia fuera, el grupo de madres protegía a sus crías.

Una orca se pasó por entre dos madres y fue salvajemente golpeada por las colas de las demás ballenas. Otro cazador intentó una apertura diferente y fue azotado también. Payeto podía oír los frenéticos sonidos de las crías en el centro, pero las madres no rompían su formación.

Después de varios intentos frustrados, las orcas perdieron interés y desaparecieron.

Payeto se volteó mientras una boca llena de dientes se acercaba. Miró hacia atrás y no vio nada, hasta que divisó al tiburón acercándose desde abajo.

"Nada, Payeto!", Gritaron sus amigos frenéticos.

Y lo hizo, lo más rápido que pudo, pero el tiburón salvaje estaba casi sobre él.

Entonces la pequeña marsopa fue sacudida por una gran turbulencia,

as a sinister silhouette streaked below him. The black and white monster slowed, turned and moved back towards him.

"Maku!" said shivering Tasco.

"The king of the sea wolves," said Tisco shaking alongside.

They watched as Maku approached. Payeto had never seen anything so big, so fast, and so scary.

The three stared in frightened awe as Maku glided past, the twitching tail of the departed shark hanging from his enormous, tooth-filled mouth. An all-knowing eye studied them and then the King was gone.

al tiempo que una siniestra silueta se le acercó por debajo. El monstruo blanco y negro frenó, dio media vuelta y regresó hacia él.

"!Maku!", Dijo temblando Tasco.

"El rey de las ballenas asesinas", dijo Tisco sacudiéndose a su lado.

Ellos vieron como Maku se acercaba. Payeto nunca había visto algo tan grande, tan rápido y tan temible.

Los tres miraron con asombro y asustados como Maku pasaba deslizándose por enfrente, cargando la cola de un tiburón en su enorme boca llena de dientes. Un ojo que todo lo sabe los vio y el rey continuó su camino con la presa en la boca.

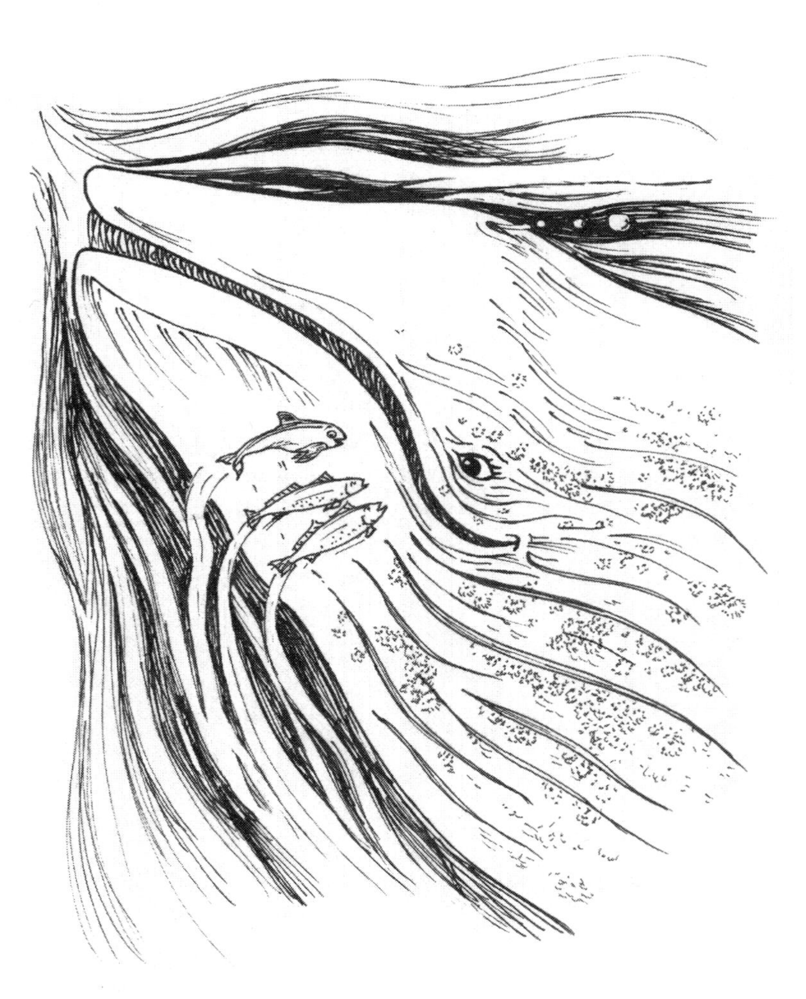

Ancient Irma / Irma la anciana

CHAPTER 17

"You are fortunate, little porpoise," said a gentle voice behind him.

"Tienes suerte, pequeña marsopa", dijo una voz suave detrás de él.

Turning quickly, Payeto stared into the biggest eye he'd ever seen.

Payeto se volteó rápidamente y se quedó mirando al ojo más grande que jamás había visto en su vida.

"Maku rarely does favors," continued the gentle voice, "perhaps he was frustrated that the sea wolves couldn't get our calves and took out his anger on that shark."

"Maku rara vez hace favores", continuó la voz suave, "tal vez se sentía frustrado porque las otras orcas no pudieron conseguir nuestras crías y desquitó su ira en ese tiburón."

"It's her," whispered Tasco.

"Es ella," susurró Tasco.

"It's Ancient Irma," said Tisco.

"Es la vieja Irma", dijo Tisco.

Payeto looked at the huge grey whale that had slipped silently behind him. She was the biggest creature he'd ever seen, just her eye seemed nearly as big as he was. Yet, in spite of her vast size, Payeto felt a quiet calm.

Payeto miró a la enorme ballena gris que se había deslizado en silencio por detrás de él. Era la criatura más grande que había visto, su solo ojo parecía casi tan grande como él. Sin embargo, a pesar de su enorme tamaño, Payeto sentía una tranquila calma.

"She's the wisest creature in all the ocean," said Tasco.

"Ella es la criatura más sabia de todo el océano", dijo Tasco.

The whale laughed. "Yes, I'm Irma, although I'd like to think I'm not ancient. And you are Payeto, and your two friends are Tisco and Tasco."

La ballena se rió. "Sí, soy Irma, aunque me gustaría pensar que no soy tan vieja. Y tú eres Payeto y tus dos amigos son Tisco y Tasco".

They wondered how she could know them.

Se preguntó como es que los conocía.

"I know you because we whales hear everything that happens in the ocean, sounds from all over the world. And, like most women, we talk a lot," Irma laughed softly.

"Te conozco porque nosotras las ballenas escuchamos todo lo que ocurre en el océano, los sonidos de todas partes del mundo. Y, como la mayoría de las mujeres, hablamos mucho…" Irma rió suavemente.

Looking around, Payeto saw they were surrounded by a pod of giant, slow swimming gray whales, the mothers he'd seen protecting their calves.

Mirando a su alrededor, Payeto vio que estaban rodeados por un grupo de gigantes. Lentamente nadó cerca de las ballenas grises, cerca de las madres que él había visto protegiendo a sus crías.

"You can't catch me!" giggled a voice beneath him.

"!A que no me puedes atrapar!" Rió una voz debajo de él.

Payeto looked down to see two whale calves rushing at him, bumping each other playfully as they came.

Payeto miró hacia abajo para ver a las ballenas bebés nadando hacia él y chocando entre sí juguetonamente.

The calves stopped abruptly, the turbulence of their wake sending Payeto and the two totoaba spinning.

Las crías se detuvieron, la turbulencia que provocaron hizo girar a Payeto y a las dos totoabas.

"Slow down you two. That's no way to treat our visitors," said Ancient Irma sharply.

"Cálmense ustedes dos. Esa no es forma de tratar a nuestros visitantes", dijo la vieja Irma bruscamente.

"Yes, ma'am," came a meek reply.

"Sí, madam", respondieron docilmente.

Payeto found himself studied by two smaller copies of Ancient Irma.

Payeto se percató de cómo lo miraban las dos pequeñas copias de la vieja Irma.

"What's this?" said the larger calf, putting its eye close to Payeto's face.

"¿Qué es esto?", Dijo la cría más grande poniendo su ojo cerca de la cara de Payeto.

"Payeto's a vaquita porpoise," answered Irma "and his little friends are totoaba."

"Payeto es un vaquita marsopa", contestó Irma "y sus pequeños amigos son totoabas."

"He's cute, but why is Payeto so small?" asked the other calve.

"Es lindo, pero ¿por qué Payeto es tan pequeño?", Preguntó la otra cría.

"He's small because he's special," answered the older whale, "Payeto and his vaquita porpoise family have adapted to live here, in the Gulf of California. This is the only place they live in the world. This is their home."

"Él es pequeño porque es especial", respondió la ballena más vieja, "Payeto y su familia de vaquitas marinas se han adaptado a vivir aquí, en el Golfo de California. Este es el único lugar en el que viven en el mundo. Esta es su casa".

The smaller calf moved closer to look at Tasco, who shyly shrunk behind Payeto. "And these little fish," said the calf, "who are they?"

La pequeña cría se acercó a mirar a Tasco, quien tímidamente se escondió detrás Payeto. "Y estos peces ¿quiénes son?" preguntó la cria.

"Like the vaquita, the totoaba only live here. Sadly, there few of them left and even fewer of Payeto's family, the vaquita," said Ancient Irma gravely.

"Al igual que la vaquita, los totoaba sólo viven aquí. Lamentablemente, solamente quedan pocos de ellos y todavía menos de la familia de Payeto, la vaquita marsopa", dijo la vieja Irma gravemente.

"Why? What's happened to them?" asked the larger calve.

"¿Por qué? ¿Qué pasó con ellos?", Preguntó la cría más grande.

"People are killing them," answered Ancient Irma.

"La gente los está matando", respondió Irma.

"People are killers? Killers like Maku?" asked the smaller calve.

"¿Las personas son asesinas? ¿Asesinos como Maku?", Preguntó la cría más pequeña.

"Some people are more terrible than Maku," said Irma. "Maku and the sea wolves kill to survive. Some people are greedy, they kill, not to feed themselves, but for money. Some people forget they are the stewards of life on Earth, here to protect the balance of Nature, not to destroy it."

"Algunas personas son más terribles que Makú", dijo Irma. "Maku y las orcas matan para sobrevivir. Algunas personas son codiciosas, matan, no para alimentarse, sino por dinero. Algunas personas se olvidan que son los guardianes de la vida en la Tierra y que deben proteger el equilibrio de la naturaleza, no destruirlo".

"They should come with us," said the smaller calf, turning in front of Payeto and the timid totoaba.

"Deberían venir con nosotros", dijo la cría más pequeña, mirando de frente a Payeto y a la tímida totoaba.

"Hi, I'm Lona," she said eagerly, "and this is my brother, Jedu. Won't you come with us?"

"Hola, soy Lona", dijo ésta con entusiasmo, "y este es mi hermano, Jedu. ¿les gustaría venir con nosotros?"

"I don't think so," said Ancient Irma, "this is their home."

"No lo creo", dijo la vieja Irma, "ellos están es su casa."

"But where is our family?" blurted Tisco.

"Pero ¿dónde está nuestra familia?" espetó Tisco.

"Yes, where are they?" asked Tasco as the pair peered into Ancient Irma's huge eye.

"Sí, ¿dónde está?", preguntó Tasco mientras el par miraba al gran ojo de la vieja Irma.

"You will find them, my little friends," said kind whale. "Go to the Refuge and you will find your way to the river."

"Ustedes los encontrarán mis pequeños amigos", dijo la amable ballena. "Vayan al refugio y encontrarán su camino hasta el río."

"The river?" said the two excited totoaba.

"¿El río?" Dijeron emocionados los Totoaba.

"Yes, the Colorado River, your home," said Irma.

"Sí, el río Colorado, su casa", dijo Irma.

"Thank you! Thank you!" said the little fish, then to Payeto, "We're going home!"

"¡Gracias! ¡Gracias!", Dijo el pequeño pez, quien luego le dijo a Payeto," Vámonos a casa! "

While happy for his friends, Payeto was still troubled. Shyly, he asked, "What about my family?"

Aunque estaba feliz por sus amigos, Payeto seguía preocupado y tímidamente le preguntó a la ballena: "¿Qué pasa con mi familia?"

"You, too, must go to the refuge, little vaquita," said the wise whale.

"Tú también debes ir al refugio pequeña vaquita", dijo la sabia ballena.

Peering into the infinite mystery of Ancient Irma's eye, Payeto felt a deep peace surround him. Home and family will come, he decided.

Mirando hacia el infinito ojo misterioso de la vieja Irma, Payeto sintió una profunda paz a su alrededor. El hogar y la familia vendrían, decidió.

"We wish you well and hope to meet again someday," said Ancient Irma, and with a sweep of her enormous tail, she glided away.

"Les deseamos lo mejor y esperamos volver a verlos algún día", dijo Irma, quien se alejó moviendo su enorme cola.

Payeto, Tisco, and Tasco watched as the enormous barnacle covered body left them, swimming off in gentle harmony with the pod of mothers and their calves.

Payeto, Tisco y Tasco vieron como el enorme cuerpo cubierto de percebes se alejaba, nadando en armonía, tanto las madres como sus crías.

"Goodbye," said Lona, looking back at the sad trio.

"Adiós", dijo Lona, mirando hacia atrás al triste trío.

"Goodbye," the three said softly.

"Adiós", dijeron los tres en voz baja.

CHAPTER 18

There was a broad tree near the entrance to the dock. For many years, families had sat in its shade, waiting for the fleet to return. Here, hiding from the hot afternoon sun, Miguelito watched the empty waters for the returning boats. Except for a few gulls floating lazily overhead, nothing moved.

Sitting on a crate with his back against the tree trunk, Miguelito poked the ground with his crutch, sending up a small cloud of dust. He often came to the dock to await his papa, but lately it was seldom a happy reunion. Times were hard. Looking around, Miguelito could see shops that had closed for lack of business. There were few people on the streets. It seemed there were fewer smiles among San Pedro fisherman than there were fish.

"Squawk! Squawk! Squawk!"

Miguelito turned to look at the commotion nearby. Zorro was chasing a gull with a big fish head in its beak. With a desperate flap of wings, the bird managed to take off, but the

Había un árbol grande cerca de la entrada del muelle. Durante muchos años, las familias se habían sentado bajo su sombra, esperando a que la flota volviera. Aquí, escondiéndose del sol de la tarde, Miguelito observó las aguas vacías. A excepción de algunas gaviotas flotando perezosamente, nada se movía.

Sentado en una caja con la espalda apoyada contra el tronco de un árbol, Miguelito dio un golpe al suelo con la muleta, levantando una pequeña nube de polvo. A menudo llegaba al muelle para esperar a su papá, pero últimamente rara vez era un reencuentro feliz. Eran tiempos difíciles. Mirando a su alrededor, Miguelito podía ver tiendas que habían cerrado por falta de negocio. Había poca gente en las calles. Parecía que había menos sonrisas que pescados en San Pedro.

"Squawk! Squawk! Squawk "

Miguelito volteó para mirar a la cercana conmoción. Zorro estaba persiguiendo a una gaviota, quien cargaba una cabeza de pescado en el pico. El pájaro abrió sus alas y logró

head dropped into the sea with a loud splash.

The gull circled once and shrieked in disappointment. Zorro waved his arms in triumph. He had no taste for fish heads but he loved to chase the gulls that craved them.

"You're bad, Zorro," said Miguelito with a laugh.

The monkey beat his chest with his fists and strode back to sit in the shade.

Next to Miguelito, the grizzled ghost of Grandfather leaned against the tree. Sanchez smiled at the monkey who smiled back. Miguelito heard that strange music again, but then his eyes saw something move around the north point. He squinted and soon recognized the form of a fishing boat.

It was the *Conquistador*, the boats bright paint and new structure a stark contrast to the worn and weathered *Santa Rosa*. Miguelito wondered, how did Carlos pay for such a nice boat when he seemed to catch fewer fish than anyone else? And why, thought the boy, did Carlos often return from the north when the rest of the fleet fished south?

despegar, pero la cabeza del pescado cayó al mar con un fuerte estruendo.

La gaviota dio una vuelta y gritó decepcionada. Zorro agitó los brazos en señal de triunfo. No tenía gusto por las cabezas de pescado, pero le gustaba perseguir a las gaviotas que las ansiaban.

"Eres malo, Zorro", dijo Miguelito riendo.

El mono se golpeó el pecho con los puños y regresó a sentarse a la sombra.

Junto a Miguelito, el canoso fantasma del abuelo se apoyó contra el árbol. Sánchez le sonrió al mono quien le devolvió la sonrisa. Miguelito oyó la extraña música de nuevo, pero en ese momento sus ojos vieron que algo se movía al norte. Él entrecerró los ojos y pronto reconoció la forma de un barco de pesca.

Era el Conquistador, el bote pintado de brillantes colores cuya estructura nueva contrastaba con el desgastado Santa Rosa. Miguelito se preguntó, "¿cómo pagó Carlos un bote tan bonito si parecía que él atrapaba menos peces que nadie? ¿Y por qué a menudo Carlos regresa desde el norte cuando el resto de la flota pescaba en el sur?" pensó el muchacho.

A small van moving up the dock startled Miguelito. Zorro hopped up next to him and the two stared at the silent driver who did not look back as he drove by. The van reached the end of the dock as the *Conquistador* slid alongside and the crew began tying up. Carlos jumped onto the dock and walked over to the van, saying something to the driver. Then he handed a small cooler through the window and waved as the van turned and moved back towards town.

Un pequeño camión llegó al muelle asustando a Miguelito. Zorro saltó a su lado y los dos se quedaron mirando al silencioso conductor que no mirar hacia atrás mientras conducía. La furgoneta llegó al final del muelle mientras el Conquistador se deslizó a su lado y la tripulación comenzó a atarlo. Carlos saltó al muelle y se acercó a la furgoneta, diciéndo algo al conductor. Luego le entregó un pequeña hielera a través de la ventana y lo saludó con la mano. La camioneta dio la vuelta y regresó a la ciudad.

Miguelito stared again at the young driver and wondered what was in the cooler in the passenger seat.

Miguelito miró de nuevo al joven piloto y se preguntó qué habría en la hielera en el asiento del pasajero.

Grandfather shook his head in disgust.

El abuelo sacudió la cabeza con disgusto.

Zorro cheeped and jumped down, scampering over to the dock edge and pointing. The rest of the fleet was returning. Miguelito watched the boats rock wildly as they cleared the turbulent waters of Lighthouse Point. Pedro had often told him that this was the roughest part of the trip, where strong cross currents brought up rogue waves. Miguelito limped onto the dock.

Zorro chilló y se bajó de un salto, corriendo hacia el borde del muelle y señalando algo. El resto de la flota estaba regresando. Miguelito observó las salvajes rocas y las turbulentas aguas que rompían contra la punta del faro. Pedro le había dicho a menudo que esta era la parte más dura del viaje, donde fuertes corrientes cruzadas provocaban olas gigantes. Miguelito cojeó hacia el muelle.

The boats approached quickly and soon Pepé was throwing a mooring line to Miguelito, who passed it

Los barcos se acercaron rápidamente y pronto Pepe le lanzó una línea de amarre a Miguelito, quien la pasó

around a cleat and returned the line.

alrededor de una cornamusa y la devolvió.

"Amigos!" said Pepé, grinning, "we've had a good day, a good catch!"

"Amigos!", dijo Pepe, sonriendo, "hemos tenido un buen día, una buena pesca!"

Then, he stooped and flung the hatch open, revealing a hold full of shiny, squirming fish.

Entonces él se agachó y abrió la escotilla abierta revelando una bodega llena de brillantes peces retorciéndose.

Pepé threw his arms to the sky, "Gracias Dios!"

Pepe alzó los brazos al cielo, "Gracias Dios!"

"Yes, Gracias Dios," said Pedro sullenly, coming down from the wheelhouse.

"Sí, Gracias Dios," dijo Pedro hoscamente, bajando de la timonera.

Pedro looked down at the fish and then at Miguelito. "We caught enough fish to pay for the broken winch," he said in disgust, looking over at the winch engine which was still smoking.

Pedro miró a los peces y luego a Miguelito. "Pescamos lo suficiente como para pagar un malacate", dijo con disgusto, mirando hacia el motor del malacate que seguía tirando humo.

"I prefer to celebrate the good news," said Pepé reaching into the hold with his gaff hook and throwing a fish into a dockside box. Pedro reached in with his hook and soon the two men were working in fish tossing unison.

"Prefiero celebrar la buena noticia", dijo Pepe llegando a la bodega con su gancho de garfio y lanzando un pez en una caja al lado del muelle. Pedro llegó con su gancho y pronto los dos hombres estaban trabajando y lanzando peces a la caja.

Miguelito looked over at the *Conquistador* and asked, "Papa, Why does Carlos have the newest boat in the fleet and he catches the fewest fish?"

Miguelito miró al Conquistador y le preguntó: "Papá, ¿Por qué Carlos tiene el barco más nuevo de la flota si el captura menos peces?"

Pedro stopped for a moment, looked up at Miguelito and then over at the Conquistador. "You are beginning to pay attention, Miguelito," he said, staring scornfully at Carlos.

Pedro se detuvo un momento, miró a Miguelito y luego al Conquistador. "Estás empezando a prestar atención, Miguelito", dijo, mirando con desprecio a Carlos.

"Perhaps it's because Carlos is not really a fisherman," continued Pedro, and he resumed pitching fish.

"Quizás sea porque Carlos no es realmente un pescador", continuó Pedro y siguió lanzando peces.

"What do you mean?" asked Miguelito, puzzled.

"¿Qué quieres decir?", Preguntó Miguelito desconcertado.

"I mean that when Carlos goes out, he's not fishing," said Pedro and turned back to his work.

"Quiero decir que cuando Carlos se va, él no se va a pescar", dijo Pedro y volvió a su trabajo.

CHAPTER 19

It was several days after meeting Ancient Irma when they found it. At first, the islands had not seemed special in any way. But, approaching them, Payeto and his totoaba friends had not seen the sign posted on the beach.

"Wildlife Refuge. No hunting, no fishing, access by permission only."

Payeto approached the reef. He slowed, something was different. He'd visited many reefs, but he'd never seen a reef like this. In front of him was an explosion of life. This reef was covered with all colors and shapes of corals, fish, and other sea creatures. His body tingled with excitement, his mind overwhelmed by the sights and sounds surrounding him.

This was a reef where Nature could be all of itself.

This was a place where Nature lived fully without people.

Pasaron varios días después de haberse reunido con la vieja Irma hasta que finalmente lo encontraron. Al principio, las islas no le habían parecido nada especial, pero al acercarse a ellas, Payeto y sus amigos totoaba todavía no habían visto el letrero en la playa.

"Refugio de Vida Silvestre. Prohibido cazar, prohibido pescar, acceso solamente con permiso."

Payeto se acercó al arrecife y redujo la velocidad, algo era diferente. Había visitado muchos arrecifes, pero nunca había visto un arrecife como este. Frente a él había una explosión de vida. Este arrecife estaba cubierto de corales de todos los colores y formas, de peces y criaturas marinas. Su cuerpo se estremeció de emoción, su mente estaba abrumada por lo que veía y por los sonidos que lo rodeaban.

Este era un arrecife donde la naturaleza podía ser ella misma, vivir plenamente y sin gente.

Bancos de pequeños peces brillaban frente a él, moviéndose de una manera

Schools of small fish flashed in front of him, darting one way, then another. He watched Tisco dive for a hermit crab that quickly retreated into its shell. Then, he saw a barracuda speed by in pursuit of a frantic angelfish that escaped in a patch of sea grass. Tasco, poking in the coral for something to eat, provoked a many fanged moray eel to spring out of its hideaway hole. Tasco shot backwards and bounced off Payeto.

"Careful," laughed Payeto, "this place is full of surprises."

"This is it," said Tisco coming up beside him, "this is the place in the stories."

Four familiar eyes appeared in Payeto's face.

"This is the place in the stories we were taught in school," said the two totoaba.

"What stories?" asked Payeto.

"The stories about our family," said Tisco.

"The stories about our life," said Tasco.

"This is where we all come to meet," said Tisco.

y luego de otra. Vio a Tisco bucear en busca de un cangrejo ermitaño quien rápidamente se metió en su caparazón. Entonces vio a una barracuda nadar rápidamente en búsqueda de un pez ángel quien escapó frenético entre un parche de hierba marina. Tasco, hurgando en el coral por algo para comer, provocó que una anguila muray con colmillos saltara fuera de su escondite. Tasco disparó hacia atrás y rebotó contra Payeto.

"Cuidado," rió Payeto, "este lugar está lleno de sorpresas."

"Este es", dijo Tisco a su lado, "este es el lugar de las leyendas."

Cuatro ojos familiares aparecieron frente a Payeto.

"Este es el lugar de las historias que nos enseñaron en la escuela", dijeron los dos totoaba.

"¿Qué historias?", Preguntó Payeto.

"Las historias de nuestra familia", dijo Tisco.

"Las historias de nuestra vida", dijo Tasco.

"Aquí es donde todos venimos a reunirnos", dijo Tisco.

"This is where we start the journey home," they said together as a cloud of silver fish streaked by.

"Aquí es donde empezamos el viaje a casa", dijeron juntos mientras una nube de peces de rayas plateadas pasaba a su lado.

Stories, thought Payeto. He'd never heard such stories. He swam in a slow circle, eyes wide in amazement. This was a world he'd never experienced. He wondered if his mom had been here. He wished she was with him now.

Historias, pensó Payeto. Nunca había oído tales historias. Nadó en un círculo lento, con los ojos muy abiertos y llenos de asombro. Este era un mundo que nunca había experimentado. Se preguntó si su madre habría estado aquí. Deseaba que ella estuviera con él ahora.

A wall of bright orange fish crossed in front of them, then parted in the middle, leaving the three adventurers staring at two sea turtles. Eyes closed, the turtles didn't see them. They were humming softly, legs pulsing to a silent rhythm.

Una pared de peces de color naranja brillante cruzó frente a ellos, luego pasó por el medio dejando a los tres aventureros mirando a dos tortugas marinas. Con los ojos cerrados, las tortugas no los vieron. Iban tarareando en voz baja, con las patas llevando un ritmo silencioso.

"Hello!" said Tasco, putting himself in front of the turtles.

"¡Hola!", Dijo Tasco, poniéndose delante de las tortugas.

Eyes opened, the legs stopped dancing, and two large heads looked at the small fish.

Dos grandes cabezas, ahora con los ojos abiertos, miraron a los pequeños peces al tiempo que sus piernas dejaban de bailar.

"What have we here?" said the larger turtle in a playful voice.

"¿Qué tenemos aquí?", Dijo la tortuga más grande con una voz juguetona.

Payeto and Tisco joined Tasco.

Payeto y Tisco se unieron a Tasco.

"And then there were three," said the

"Y entonces hay tres", dijo la tortuga

smaller turtle, giggling as she eyed them.

más pequeña riendo mientras los miraba.

"This is our lucky day. It's a vaquita porpoise and two totoaba," said the larger turtle.

"Este es nuestro día de suerte. Es una vaquita marina y dos totoaba", dijo la tortuga más grande.

"Yes, you're right," said the masked porpoise, "I'm Payeto, and my friends are Tisco and Tasco."

"Sí, tienes razón," dijo la marsopa enmascarada, "Soy Payeto, y mis amigos son Tisco y Tasco."

"Hello!" said the two little fish huddled together.

"¡Hola!", Dijeron los dos peces pequeños acurrucados uno junto al otro.

"I'm Daisy, and my friend is Flower," said the larger turtle, "We're pleased to meet you, especially since there are so few of you to meet."

"Soy Daisy, y mi amiga es Flor", dijo la tortuga más grande, "Estamos encantadas de conocerlos, sobre todo porque hay tan pocos de ustedes por conocer."

"Yes pleased to meet you," giggled Flower.

"Sí encantado de conocerlos", dijo Flor sonriendo.

"Totoaba," said the turtle, "you've come to begin your journey home."

"Totoabas", dijo la tortuga", ustedes has llegado para comenzar su viaje a casa."

"Yes! When do we go!" they said eagerly.

"¡Sí! ¿Cuándo nos vamos?!", Dijeron con entusiasmo.

"Soon," said the turtle, "soon you will gather."

"Pronto", dijo la tortuga", pronto se reunirán."

"But," said Payeto feeling left out, "what is this place? What journey are you talking about?"

"Pero", dijo Payeto sintiéndose ignorado, "¿Qué es este lugar? ¿De qué viaje están hablando? "

"The journey all of us will take eventually," said Daisy, looking at him with her friendly eyes.

"It's the journey of life," giggled Flower, "Daisy is showing me the way. We're following the music. Can you hear it?"

Payeto heard nothing as he watched Daisy and Flower's eyes close and the two strange sea dancers began moving their legs to silent sounds.

Daisy opened her eyes. "The humans put these things on us," she said twisting her head around to look at a small box on her shell. It's a radio so they can track us. Now the music that guides us home comes in on several channels. Flower and I really like the rap music," she continued.

"Yes, we really like the rap music," giggled Flower, her large front legs beating to unheard rhythm.

Radios? Rap music? Payeto was confused. "Why did humans put radios on you?" he asked.

"Because they want to make sure

"El viaje que todos tomaremos eventualmente", dijo Daisy, mirándolo con ojos amistosos.

"Es el camino de la vida", dijo Flor sonriendo, "Daisy me está mostrando el camino. Estamos siguiendo la música. ¿Puedes oírla?"

Payeto no oía nada y miraba a los ojos de Daisy y de Flor que estaban cerrados y las dos extrañas bailarinas de mar comenzaron a mover sus piernas al ritmo de los silenciosos sonidos.

Daisy abrió los ojos. "Los seres humanos ponen estas cosas en nosotros", dijo torciendo la cabeza para mirar a una pequeña caja en su concha. Es una radio para poder rastrearnos. Ahora la música que nos guía a casa viene en varios canales. A Flor y a mí realmente nos gusta la música rap", continuó diciendo.

"Sí, nos gusta mucho la música rap", dijo Flor sonriendo, sus grandes patas delanteras se movían con el silencioso ritmo.

¿Radios? ¿Música rap? Payeto estaba confundido. "¿Por qué los seres humanos ponen radios en sus vidas?", Preguntó.

"Porque quieren asegurarse de que las

sea turtles survive. The humans are protecting us," answered Daisy.

tortugas marinas sobrevivan. Los seres humanos nos están protegiendo", respondió Daisy.

"Unfortunately," Daisy said sadly, "humans are not doing the same for you."

"Desafortunadamente", dijo Daisy en tono triste, "los seres humanos no están haciendo lo mismo con ustedes."

"Why not?" asked Payeto.

"¿Por qué no?", Preguntó Payeto.

"We don't know, little vaquita. Humans are very complicated," said Daisy, "but we wish you well, it is time for us to continue our journey."

"No sabemos, pequeña vaquita. Los seres humanos son muy complicados", dijo Daisy," pero les deseamos lo mejor, es el momento para que nosotros continuemos nuestro viaje".

"But what about our journey," cried Tisco and Tasco.

"Pero ¿qué pasa con nuestro viaje?", exclamaron Tisco y Tasco.

"Your time will come," said Daisy, And the two turtles, eyes closed once more, swam homeward with feet dancing to rap music.

"Tu tiempo llegará", dijo Daisy, y las dos tortugas, con los ojos cerrados, una vez más nadaron hacia casa con los pies bailando al son de la música rap.

Payeto watched them go as his two fish friends chased a school of fish.

Payeto las vio irse mientras sus dos amigos perseguían un banco de peces.

Where was his home? he wondered.

¿Dónde estaría su casa? El se preguntó.

Above him, the peace of the refuge was broken by the distant sound of an engine. In the wheelhouse of the *Conquistador*, Carlos smiled. Tonight will be a good night for poaching, he thought.

Por encima de él, la paz del refugio fue rota por el sonido lejano de un motor. En la timonera del Conquistador, Carlos sonrió. Esta noche será una buena noche para pescar, pensó.

CHAPTER 20

"My young friends, do you know what this is?" said Lopez, wearing the same rumpled suit Miguelito had seen at the town meeting. The little bald man was holding an ancient instrument above his head.

"Mis jóvenes amigos, ¿saben lo que es esto?", Dijo López, que llevaba el mismo traje arrugado que Miguelito había visto en la reunión del pueblo. El pequeño hombre calvo estaba sosteniendo un antiguo instrumento por encima de su cabeza.

A hand shot up from the front of the class.

Una mano se levantó en el frente de la clase.

Lopez smiled and pointed at Magda, "Yes."

López sonrió y señaló a Magda, "Sí."

"It's a microscope," said Magda proudly.

"Es un microscopio", dijo Magda con orgullo.

"Exactly!" said Lopez, "and not just any microscope," he said holding it reverently before the class.

"¡Exactamente!", Dijo López, "y no cualquier microscopio", dijo sujetándolo con reverencia delante de la clase.

"This," he said waving the microscope in front of the eager faces, "this is the same microscope I used when I was your age. This is the key I used to open the door to the amazing world of science. Here, I want each of you to touch this powerful tool and then we'll show you some real magic."

"Esto", dijo agitando el microscopio frente a los rostros ansiosos, "este es el mismo microscopio que usé cuando tenía su edad. Esta es la clave que se utiliza para abrir la puerta al maravilloso mundo de la ciencia. Aquí, quiero que cada uno de ustedes toque esta poderosa herramienta y luego les voy a mostrar un poco de magia real".

Lopez handed the microscope to Magda and watched in delight as the students gathered round and each held the instrument.

López le entregó el microscopio a Magda y observó con deleite como los estudiantes se reunían alrededor y cada uno agarraba el instrumento.

Lopez and Rodrigo had added a new tactic to help the people of San Pedro save their endangered fishery. They would give the children scientific tools to study the community's problems and educate students to create solutions to build a sustainable future for their town.

López y Rodrigo habían añadido una nueva táctica para ayudar a la gente de San Pedro a salvar su pesca en peligro de extinción. Ellos les daban a los niños las herramientas científicas para estudiar los problemas de la comunidad y educar a los estudiantes para crear soluciones que construyeran un futuro sostenible para su pueblo.

Rodrigo and Lopez, standing next to Mr. Mendez, the class teacher, were there to sell science to the students of an impoverished school. They knew Mr. Mendez had no computers, no scientific instruments, and worked with books many years old. They had come to help him with a new program.

Rodrigo y López, de pie junto al Sr. Méndez, el profesor de la clase, estaban allí para mostrarles la ciencia a los estudiantes de una escuela empobrecida. Ellos sabían que el Sr. Méndez no tenía computadoras, ni instrumentos científicos, y que trabajaban con libros de muchos años atrás. Habían venido a ayudarlo con un nuevo programa.

Jimmy was the last student to touch the microscope and he held it like a precious jewel, studying the instrument carefully before handing it back to Lopez.

Jimmy fue el último estudiante que tocó el microscopio y lo sostuvo como una joya preciosa, estudiando el instrumento cuidadosamente antes de devolvérselo a López.

"This microscope has been my teddy bear, my safety blanket. It reminds me of my path in life," Lopez confessed,

"Este microscopio ha sido mi osito de peluche, mi manta de seguridad. Me recuerda a mi camino en la

holding the instrument close to his heart.

vida" López confesó, sosteniendo el instrumento cerca de su corazón.

The students laughed. It was hard not to like the sincere, little scientist and to be swept up in his passion for his subject. He was not just a teacher, he was an inspiration.

Los estudiantes se rieron. Era difícil no gustarles lo sincero, poco científico y emotivo que era con ese tema. Él no era solamente un maestro, él era una inspiración.

All eyes watched as Lopez continued, "Believe it or not, I was once like you."

Todos los ojos lo miraron con atención mientras López continuaba, "Lo crean o no, una vez yo fui como ustedes."

The students laughed again.

Los estudiantes se rieron de nuevo.

"Yes, it's true, I was once like you, living in a small fishing town, not knowing what my future would be, but guessing it would have something to do with fish. And so it did," said Lopez, pausing to sit on a stool.

"Sí, es verdad, yo fui como ustedes, viviendo en un pequeño pueblo de pescadores, sin saber como sería mi futuro, pero adivinando que podría tener algo que ver con los peces. Y así fue", dijo López, haciendo una pausa para sentarse en un banquito.

He set the microscope on the counter and picked up a glass jar filled with an orange gelatinous mass.

Puso el microscopio en la mesa y cogió un frasco de vidrio lleno de una masa gelatinosa de color naranja.

"Does anyone know what this is?" he asked.

"¿Alguien sabe qué es esto?", Preguntó.

Miguelito raised his hand. Years ago, Grandfather Sanchez had placed these same things in Miguelito's hands.

Miguelito levantó la mano. Hace años, el abuelo Sánchez había puesto estas mismas cosas en las manos de Miguelito.

He remembered Grandfather's words,

Recordó las palabras del abuelo,

"Miguelito, in your hands, you hold the power of life. Always respect and protect it."

"Miguelito, en tus manos, tienes el poder de la vida. Siempre respétala y protégela".

Lopez smiled and Miguelito answered, "Those are fish eggs."

López sonrió y Miguelito respondió: "Esos son huevos de peces."

"Absolutely right," beamed Lopez, "and not just any fish eggs." He swung the jar in front of the class.

"Absolutamente bien", sonrió López", y no son sólo huevos de peces." Él abrió el frasco en frente de la clase.

"With the help of our microscope, we're going to discover just how special these eggs are," said Lopez, setting the jar down and turning to his prized instrument.

"Con la ayuda de nuestro microscopio, vamos a descubrir lo especial que estos huevos son", dijo López, poniendo el frasco hacia abajo y girando su preciado instrumento.

"And while I set up our experiment," continued the scientist, "Rodrigo is going to tell you about a fantastic new program the National Fisheries Institute is offering to you." Lopez opened the jar and began preparing slides.

"Y mientras preparo nuestro experimento", continuó el científico, "Rodrigo va a contarles acerca de un nuevo y fantástico programa que el Instituto Nacional de Pesca les está ofreciendo a ustedes." López abrió el frasco y empezó a preparar las diapositivas.

Rodrigo, held a colorful brochure out to the class and spoke. "I'm excited to tell you about a new scholarship program we are offering to dedicated students who want to study fisheries science."

Rodrigo, le mostró a la clase un folleto colorido y dijo. "Estoy emocionado de contarles acerca de un nuevo programa de becas que estamos ofreciendo a los estudiantes dedicados que quieren estudiar la ciencia pesquera."

The young people listened intently as Rodrigo explained that the program would begin in June with the

Los jóvenes escucharon atentamente como Rodrigo explicaba que el programa comenzaría en junio con

submission of student science projects to a national competition. The winners would receive scholarships to a summer internship program and, if they kept their grades up, they would also receive scholarships for university study. The only expectation was that the scholarship students would return after graduation to serve their communities.

la presentación de un proyecto de ciencias por parte de estudiantes de la escuela nacional. Los ganadores recibirían becas para un programa de prácticas de verano y, si mantenían sus buenas calificaciones, también recibirían becas para estudios universitarios. La única expectativa era que los estudiantes becados regresasen después de graduarse para servir a sus comunidades.

Rodrigo finished by putting a hand on Mr. Mendez's shoulder and saying, "Your teacher, Mr. Mendez, is a special part of this program and he's agreed to be our assistant and help students who want to enter the contest."

Rodrigo terminó poniendo una mano sobre el hombro del señor Méndez y dijo: "Su profesor, el Sr. Méndez, es una parte especial de este programa ya que ha aceptado ser nuestro asistente y ayudar a los estudiantes que quieran participar en el concurso."

Rodrigo shook Mr. Mendez's hand and then handed him a stack of brochures for the class. He concluded, "If you have any questions, please ask Mr. Mendez, and if he can't help, just email myself or Lopez. We're here to help, and I think Lopez might even lend you his treasured teddy bear microscope."

Rodrigo estrechó la mano del señor Méndez y luego le entregó una pila de folletos para la clase concluyendo así: "Si tiene alguna duda, consulten con el Sr. Méndez, y si él no puede ayudarles, envíenme un correo electrónico a mí o a López. Estamos aquí para ayudarles, y creo que López podría incluso prestar su atesorado microscopio".

"Yes!" shouted Lopez, suddenly the mad scientist. He whirled to face the class. "And now step up and see the magic of life."

"¡Sí!", Gritó López de repente, parecía un científico loco. Se dio la vuelta para ver de frente a la clase y dijo " ahora pasen al frente y vean la magia de la vida."

There was a buzz of excitement as

Hubo un murmullo de emoción

the students rose and crowded around the crazy scientist as he showed each of them how to peer into a magnified world.

"Wow! Those are fish eggs?"

"What is that squirming inside the eggs?"

"Those, my young friends," said Lopez, smiling in satisfaction, "Are embryonic fish, the result of perhaps the greatest miracle of all, the creation of life when an egg unites with a sperm."

"Really? Those are really baby fish?"

"There are so many of them."

"Will we really see the secret of life?" said a shy voice beside him. Miguelito turned on his crutch and looked at Jimmy, the last in line. He saw Jimmy's eagerness and gently pushed him to the waiting microscope.

"Yes," said Miguelito to Jimmy as Lopez helped the boy focus the eyepiece.

"Amazing!" cried Jimmy, "Look at all of them!" Laughing, he turned

cuando los estudiantes se levantaron y rodearon al científico loco mientras él les mostraba a cada uno la forma de ver este mundo magnificado.

"¡Guau! ¿Esos son los huevos de peces? "

"¿Qué es eso retorciéndose dentro de los huevos?"

"Esos, mis jóvenes amigos," dijo López, sonriendo con satisfacción, "son peces embriones, el resultado de tal vez el milagro más grande de todos, la creación de la vida en que un óvulo se une con un espermatozoide."

"¿De Verdad? ¿Esos son realmente los peces bebés? "

"Hay muchos de ellos."

"¿Vamos a ver realmente el secreto de la vida?", Dijo una voz tímida al lado de él. Miguelito se volteó con su muleta y miró a Jimmy, el último de la fila. Vio el afán de Jimmy y suavemente lo empujó hacia al microscopio.

"Sí", le dijo Miguelito a Jimmy mientras López ayudaba al chico a enfocar el ocular.

"¡Increíble!" exclamó Jimmy, "Miren a todos estos!" Riendo, volteó a ver

to Miguelito and smiled. "It really is magic!" beamed the boy.

Miguelito had never seen Jimmy so happy.

a Miguelito y sonrió. "¡Realmente es magia!" dijo el muchacho.

Miguelito nunca había visto a Jimmy tan feliz.

CHAPTER 21

Rosa sniffed the chipotle peppers. This was the last ingredient she needed for her chocolate chicken molé, a favorite with her family. Satisfied, she handed them to the young girl at the produce stall who put them in a bag and took Rosa's money. Her basket already contained cinnamon, chocolate, onions, garlic, cilantro, and, of course, a whole chicken. Rosa smiled knowing she'd make her family happy with this meal. Lately, happy was hard to come by in her house.

Rosa olfateó los chiles chipotles. Este era el último ingrediente que necesitaba para su mole de pollo achocolatado, uno de los favoritos de su familia. Satisfecha, se los entregó a la joven en el puesto de los productos quien los puso en una bolsa y tomó el dinero de Rosa. Su cesta ya contenía la canela, el chocolate, las cebollas, el ajo, el cilantro y por supuesto, un pollo entero. Rosa sonrió sabiendo que ella haría feliz a su familia con esta comida. Últimamente, era difícil conseguir la felicidad en su casa.

"Good morning, Señora Rosa," said a warm voice behind her.

"Buenos días, señora Rosa", dijo una cálida voz detrás de ella.

Rosa turned to see Sonya, smiling and carrying a basket of her own filled with vegetables, fruit, and flowers.

Rosa se volteó para ver a Sonya, sonriendo y llevando una cesta llena de verduras, frutas y flores.

"Good morning, Señora Sonya," said Rosa, always glad to see her friend.

"Buenos días, Señora Sonya", dijo Rosa, siempre alegre de ver a su amiga.

The two began walking together.

Las dos comenzaron a caminar juntas.

"Did Miguelito tell you that Magda has chosen him to partner with on her science project?" asked Sonya lightheartedly.

"¿Ya te dijo Miguelito que Magda lo ha escogido para unirse en su proyecto de ciencias?", Preguntó Sonya alegremente.

The two mothers knew that their children liked each other and enjoyed watching their teenage awkwardness.

"He mentioned that there is a new program at school and that he might help Magda with it," laughed Rosa, adding, "I don't think he wants to admit that he actually wants to do it with her."

"Our men never do," said Sonya smiling, "it's their 'macho' thing."

Rosa thought about Pedro and how hard it was to help him with anything besides cooking and their children.

"Yes," said Rosa quietly, "their "macho' thing."

Sonya looked closely at Rosa, saying slowly, "My sister, we must help them get past this. Our town, our families, our children, are in crisis and it will take all of us to find solutions that will save our community."

Rosa hesitated and looked at Sonya. "I've always left such things to Pedro. It's the men who fish and I've thought they must fix problems with the fishery."

"I understand," said Sonya, "and, in

Las dos madres sabían que sus hijos se gustaban y disfrutaban viendo sus tropiezos de adolescentes.

"Mencionó que hay un nuevo programa en la escuela y que podría ayudar a Magda con él", sonrió Rosa, y agregó: "No creo que él quiera admitir que realmente quiere hacerlo con ella."

"Nuestros hombres nunca lo hacen", dijo Sonya riendo, "por su machismo."

Rosa pensó en Pedro y lo difícil que era ayudarlo con cualquier cosa además de la cocina y sus hijos.

"Sí", dijo Rosa en voz baja, "su machismo "".

Sonya miró de cerca a Rosa, diciendo lentamente: "Mi hermana, tenemos que ayudarles a salir de esta. Nuestra ciudad, nuestras familias, nuestros hijos, están en crisis y eso nos llevará a encontrar soluciones que salven a nuestra comunidad".

Rosa vaciló y miró a Sonya. "Yo siempre le he dejado esas cosas a Pedro. Son los hombres quienes pescan y he pensado que ellos deben solucionar los problemas relacionados a la pesca".

"Entiendo", dijo Sonya", y en el

the past, many women thought as you do, but these are different times with bigger challenges. We must save not only our fishery but our entire way of life. It will take all of us together, men, women, and children, to solve this problem."

pasado, muchas mujeres pensaban como tú, pero estos son tiempos diferentes con desafíos más grandes. Tenemos que salvar no sólo nuestra pesca, sino toda nuestra forma de vida. Es necesario que todos trabajemos juntos, hombres, mujeres y niños para resolver este problema. "

They'd reached the end of the market. Sonya stopped and put an arm on Rosa's shoulder.

Habían llegado al final del mercado. Sonya se detuvo y puso un brazo sobre el hombro de Rosa.

"We women are the glue that holds this community together, Rosa," said Sonya earnestly. "Together we are strong and together we must work to save what is important to us."

"Nosotras, las mujeres, somos el pegamento que mantiene a esta comunidad Rosa", dijo Sonya seria. "Juntos somos fuertes y juntos debemos trabajar para salvar lo que es importante para nosotros."

Sonya paused and the two women looked into each other's eyes.

Sonya se detuvo y las dos mujeres se miraron a los ojos.

"Tomorrow morning, women are coming to my shop to share ideas on how we can make a new San Pedro together. Please, I want you to join us," said Sonya.

"Mañana por la mañana, las mujeres vendrán a mi tienda para compartir ideas sobre cómo juntas podemos hacer un nuevo San Pedro. Por favor, quiero que te unas a nosotras", dijo Sonya.

Rosa thought, then said softly, "But I don't know if this is my place."

Rosa pensó y luego dijo en voz baja: "Pero yo no sé si este es mi lugar."

Sonya smiled, and put her face close to Rosa's. She whispered, "None of us want to challenge the men, but we're smart enough to make them think that

Sonya sonrió y puso su cara cerca de la de Rosa y le susurró: "Ninguna de nosotras quiere desafiar a los hombres, pero somos lo suficientemente

any new ideas are theirs."

Sonya winked at Rosa. "Will I see you tomorrow morning?"

A smile lit Rosa's face. "Yes!"

inteligentes como para hacerles pensar que las nuevas ideas son suyas."

Sonya le guiñó un ojo a Rosa. "¿Te veré mañana por la mañana?"

Una sonrisa iluminó el rostro de Rosa. "¡Sí!"

CHAPTER 22

The road ahead was empty. Miles north of San Pedro, there was nothing to see but prickly cacti and abandoned farmhouses. Miguelito looked at Magda beside him and beyond her to Rodrigo who was driving the truck into increasing darkness. Miguelito felt anxious, wondering why he'd let Magda talk him into this.

El camino por delante estaba vacío. Millas al norte de San Pedro no había nada que ver, solamente cactus espinosos y casas rurales abandonadas. Miguelito miró a Magda al lado de él y atrás de ella a Rodrigo quien conducía el camión mientras oscurecía. Miguelito se sentía ansioso, preguntándose por qué había dejado que Magda lo convenciera.

Several days ago, she'd come up to him after school. She was excited and told him about a science project idea. Would he team with her? Reluctantly, Miguelito agreed. Then he'd found out his mama knew all about the project and even made it easy for him to escape the house that night. The women always seemed to know what was going on.

Hacía varios días, ella lo había buscado después de la escuela. Estaba emocionada y le habló de una idea para el proyecto de ciencias. ¿Haría un equipo con ella? De mala gana, Miguelito estuvo de acuerdo. Luego se había enterado de que su mamá sabía todo sobre el proyecto e incluso le permitió salir de la casa esa noche. Las mujeres siempre parecía saber lo que estaba pasando.

Miguelito smiled, remembering how happy his papa had been eating Rosa's chocolate chicken molé. Pedro barely noticed when his son slipped out the door.

Miguelito sonrió al recordar lo feliz que su papá había estado comiendo el mole chocolatoso de pollo de Rosa. Pedro apenas se dio cuenta cuando su hijo salió por la puerta.

"Magda," said Rodrigo, handing her his cell phone, "perhaps it's time to show Miguelito how our friends are doing."

"Magda", dijo Rodrigo, entregándole su teléfono celular, "tal vez es hora de mostrarle a Miguelito cómo están nuestros amigos."

"Yes, I think so," said Magda, taking the phone and eagerly opening an application. The screen became a bright array of lines and dots.

"Sí, creo que sí", dijo Magda, tomando el teléfono y abriendo ansiosamente una aplicación. La pantalla se convirtió en una serie brillante de líneas y puntos.

Magda shared the phone with Miguelito. "This is our project. We're tracking sea turtles. Scientists have put small radio transmitters on some turtles and this application let's us see where they are."

Magda compartió el teléfono con Miguelito. "Este es nuestro proyecto. Estamos siguiendo a las tortugas marinas. Los científicos han puesto pequeños transmisores de radio en algunas tortugas y con esta aplicación vamos a ver dónde están".

She pushed a button and numbers appeared by the dots. "Each dot is a tagged turtle," she said. "Each tag has a different frequency so we can tell them apart."

Ella apretó un botón y los números aparecieron en los puntos. "Cada punto es una tortuga marcada," dijo ella. "Cada etiqueta tiene una frecuencia diferente, así podemos distinguirlas."

The young scientist pointed at a dot. "Number 104 is Daisy, she's the oldest. And, number 135 is Flower. This is her first year and she's my favorite, although I've yet to meet her."

La joven científico señaló un punto. "El número 104 es Daisy, ella es la más vieja. Y, el número 135 es Flor. Este es su primer año y ella es mi favorita, aunque todavía tengo que conocerla".

"Perhaps tonight," said Rodrigo smiling. Then he explained how these turtles were returning to the same beach they were born on. Some turtles would swim hundreds of miles to their feeding grounds before returning to their nests. This amazing migration had been going on for thousands of years.

"Tal vez esta noche", dijo Rodrigo sonriendo. Luego explicó cómo estas tortugas estaban regresando a la misma playa donde habían nacido. Algunas tortugas nadaban cientos de millas de sus zonas de alimentación antes de regresar a sus nidos. Esta migración increíble había estado ocurriendo durante miles de años.

"We're not sure how they find their way back," said Rodrigo, "it's one of the miracles of nature, something that perhaps you can help figure out someday."

"No estamos seguros de cómo encuentran su camino de regreso", dijo Rodrigo, "es uno de los milagros de la naturaleza, algo que tal vez tú puedas ayudar a averiguar algún día."

"And the more we learn about them," added Magda, "the more we can do to protect them."

"Y cuanto más aprendamos acerca de ellas", agregó Magda, "más podremos hacer para protegerlas."

Miguelito studied the screen. "Look," he said, "these two turtles are near the shore."

Miguelito miró la pantalla. "Mira," dijo, "estas dos tortugas están cerca de la orilla."

"That's Daisy leading Flower home," said Rodrigo, "the older turtles do that."

"Ella es Daisy quien lleva a casa a Flor," dijo Rodrigo, "las tortugas de mayor edad hacen eso."

The truck slowed and Rodrigo turned off the road. In the headlights, they saw a rutted and rocky path. Rodrigo switched off the lights and turned to them. "Hang on," he said and the truck bounced forward.

El camión frenó y Rodrigo salió de la carretera. En el faro, vieron un camino rocoso y lleno de baches. Rodrigo apagó las luces y volteó a verlos. "Espera", dijo y el camión rebotó hacia adelante.

A waving light appeared ahead. In moments, the same light flooded the cab. The light went off as Rodrigo opened his window.

Una luz apareció ondeando por delante. Por momentos, la misma luz inundaba la cabina. La luz se apagó cuando Rodrigo abrió la ventana.

"Beautiful evening, Perez," he said.

"Hermosa noche, Pérez," dijo.

Miguelito could barely make out a bearded face beneath a cowboy hat.

Miguelito apenas podía distinguir el rostro barbudo que se escondía debajo del sombrero vaquero.

"Yes, Señor, a perfect night."

"Sí, Señor, una noche perfecta."

"Let's go," said Rodrigo, jumping out of the truck. Miguelito and Magda followed him as Perez and his flashlight led them down a trail.

Perez stopped and put out his light. As Miguelito came up to the old man, he felt his crutch sink into something soft. He heard the lap of waves on a beach. The moon peeked up above the sea and its glow showed a long stretch of smooth sand in front of them.

They followed Perez up to a line of bushes and discovered a small, thatched-roof shelter. Inside, the old man used his light to point out a bench. Miguelito and Magda sat next to Rodrigo, who showed the lighted cell phone screen to them. The two turtle dots were nearly to the beach.

"Soon," said Rodrigo, "Daisy's coming first."

He went on to tell how this beach had been known to locals for many years but only recently had they shared the knowledge with Rodrigo. This because they were concerned about the safety of the turtles and because Perez trusted that Rodrigo would keep his word and protect this special place. Rodrigo stopped when Perez

"Vámonos", dijo Rodrigo saltando de la camioneta. Miguelito y Magda lo siguieron mientras Pérez y su linterna los guiaba por un sendero.

Pérez se detuvo y apagó su luz. Miguelito se acercó al anciano y sintió la punta de la muleta tocar algo blando. Oyó las olas en la playa. La luna se asomó por encima del mar y su brillo mostró una larga franja de suave arena frente a ellos.

Siguieron a Pérez hasta una línea de arbustos y descubrieron un pequeño refugio con techo de paja. En el interior, el anciano utilizó su luz para señalar un banco. Miguelito y Magda se sentaron junto a Rodrigo, quien les mostró la pantalla del teléfono celular con luz. Los dos puntos de las tortugas estaban casi en la playa.

"Pronto", dijo Rodrigo, "Daisy viene primero."

Luego pasó a contarles cómo esta playa había sido conocida por los lugareños durante muchos años, pero sólo recientemente le habían compartido esa información a Rodrigo. Esto debido a que estaban preocupados por la seguridad de las tortugas y porque Pérez confió en que Rodrigo cumpliría su palabra y

motioned towards the water.

protegería este lugar tan especial. Rodrigo se detuvo cuando Pérez hizo un gesto mirando hacia el agua.

The bright moon was now above the horizon and the waves sparkled in the moonlight.

La luna ahora estaba sobre el horizonte y las olas brillaban bajo la luna.

"There she is," squealed Magda, putting her hand over her mouth to catch the lost silence.

"Ahí está", dijo Magda, poniendo su mano sobre la boca para no hacer tanto ruido.

Miguelito saw it. There was something moving out of the water just below them. Then he recognized a large sea turtle slowly crawling up the sand.

Miguelito la vio. Había algo que se movía fuera del agua justo debajo de ellos. Entonces reconoció a una gran tortuga marina que se arrastraba lentamente sobre la arena.

Rodrigo spoke quietly, "She'll move up to the top of the beach and dig a nest for her eggs. Then she'll lay almost a hundred, cover them up, and make her way back to the sea, all in less than an hour, taking advantage of high tide."

Rodrigo dijo en voz baja, "Ella va a subir a la parte superior de la playa y va a cavar un nido para sus huevos. Después, pondrá un centenar de huevos, los cubrirá, y hará su camino de regreso al mar, todo en menos de una hora, aprovechando la marea alta."

He handed Miguelito a pair of binoculars, saying, "Look through these."

A continuación le entregó a Miguelito un par de binoculares diciendo: "Mira a través de ellos."

The boy peered into them. Everything was green and black but he clearly saw the turtle moving up the sand. He saw a small object on the turtle's back with a blinking light, the radio transmitter.

El muchacho miró. Todo era verde y negro pero vio claramente cuando la tortuga estaba ascendiendo en la arena. Vio a un objeto pequeño en la espalda de la tortuga con una luz intermitente, era el transmisor de radio.

"Special night vision binocs," whispered Rodrigo, "a perk of being a government guy."

"Prismáticos especiales de visión nocturna," susurró Rodrigo, "un beneficio de ser un hombre del gobierno."

Then Daisy stopped and started to dig.

Entonces Daisy se detuvo y empezó a cavar.

"She's digging her nest," Miguelito said excitedly, handing the binoculars to Magda.

"Ella está cavando su nido", dijo Miguelito con entusiasmo, entregándole los prismáticos a Magda.

"Wow!" she said, "look at her go. She's on a mission."

"Guau!", Dijo, "Miren como lo hace. ¡Está en una misión!".

"Yes, she is, and she comes back every year, here, to this special place," said a reverent Rodrigo.

"Sí qué lo está, y ella regresa todos los años, aquí, a este lugar especial", dijo Rodrigo reverente.

Perez pointed farther down the beach. Rodrigo checked his phone, "And here comes Flower, our first timer."

Pérez señaló más abajo en la playa. Rodrigo comprobó su teléfono, "Y aquí viene Flor."

The two young faces turned to see another dark form scramble out of the water, making her way up to the nesting ground.

Las dos caras jóvenes se voltearon para ver otra forma oscura fuera del agua, haciendo su camino hasta el lugar de anidación.

They stayed and watched for two hours, seeing four more turtles crawl up the beach, make their nests, lay eggs, and return to the quiet ocean, all under the soft light of a smiling moon.

Se quedaron y observaron durante dos horas más, vieron como cuatro tortugas se arrastraron hasta la playa e hicieron sus nidos, pusieron los huevos y regresaron al océano tranquilamente. Todo ello bajo la suave luz de una luna sonriente.

"That's all for tonight," said Rodrigo,

"Eso es todo por esta noche", dijo

explaining that this ritual would go on for nearly a month. Some of the turtles would return to nest several times.

Rodrigo explicando que este ritual se repetiría durante casi un mes. Las tortugas volvería a anidar muchas veces más.

Awed by the wonder they'd witnessed, Magda and Miguelito looked once more at the beach, then followed Perez and Rodrigo back to the truck.

Impresionados por la maravilla que habían presenciado, Magda y Miguelito miraron una vez más a la playa y luego siguieron a Pérez y Rodrigo de nuevo a la camioneta.

Magda was helping Miguelito hobble through the soft sand when Perez and Rodrigo suddenly stopped. At the water's edge, the old man's light shone on the body of a large dead fish. Rodrigo approached and stooped down, prodding the carcass with a stick.

Magda estaba ayudando a Miguelito a cojear por la arena blanda cuando Pérez y Rodrigo se detuvieron de repente. En la orilla del agua, la luz del anciano brilló en el cuerpo de un gran pez muerto. Rodrigo se acercó y se inclinó, pinchando el armazón con un palo.

Miguelito recognized the fish. It was a totoaba, the same fish that Lopez had pointed out at the town meeting.

Miguelito reconoció el pescado. Era una totoaba, el mismo pescado que López había señalado en la reunión de la ciudad.

"Totoaba," Rodrigo confirmed, looking up at the shocked students, then back at the dead fish.

"Totoaba," Rodrigo confirmó, mirando a los estudiantes llenos de asombro, luego otra vez al pez muerto.

"Poachers in the refuge. They slit the belly, take out the swim bladder, then toss the body overboard. No way to pin a crime on them then," said the government man in disgust. "This because they can make more money in a night's poaching than they can in

"Los cazadores furtivos en el refugio. Ellos cortaron el vientre, sacaron la vejiga natatoria y luego tiraron el cuerpo por la borda. No hay manera de imputarles el crimen", dijo el hombre del gobierno con disgusto. "Esto debido a que pueden ganar más

a month's fishing. And without men, without boats, without money, I can't stop them. And they know it," yelled Rodrigo throwing his stick into the sea and stomping away.

dinero en una noche de caza furtiva de lo que pueden llegar a hacer en la pesca de un mes. Y sin hombres, sin barcos, sin dinero, no puedo detenerlos. Y ellos lo saben", dijo Rodrigo lanzando su bastón al mar y alejándose.

Startled by Rodrigo's fury, Magda and Miguelito followed.

Sorprendidos por la furia de Rodrigo, Magda y Miguelito lo siguieron.

It was a long, silent ride back to town.

Fue un largo y silencioso viaje de regreso a la ciudad.

CHAPTER 23

Limping towards the dock with Pedro's lunch, Miguelito saw a group of fishermen talking as they sat on crates in the shade of the old tree. Standing next to Pedro, Viktor was addressing the group.

Cojeando hacia el muelle con el almuerzo de Pedro, Miguelito vio a un grupo de pescadores que hablaban sentados en cajas a la sombra de los viejos árboles. De pie junto a Pedro, Victor dirigía al grupo.

"Like most of you, my family has been fishing for generations, but we can't ignore reality," he said. "The world has changed and we must change or we will lose everything. We must work together to find solutions or our children will have no future in San Pedro."

"Al igual que la mayoría de ustedes, mi familia ha estado pescando durante generaciones, pero no podemos ignorar la realidad", dijo. "El mundo ha cambiado y debemos cambiar o vamos a perderlo todo. Debemos trabajar juntos para encontrar soluciones o nuestros hijos no van a tener ningún futuro en San Pedro".

"What can we save?" A high-pitched voice broke in and the fishermen turned to Felix, a small, animated man. "The politicians have given away so many illegal licenses to their relatives that there will never be enough fish for all of us."

"¿Qué podemos salvar?" Una voz aguda interrumpió y los pescadores se dirigieron a Félix, un hombre pequeño y exaltado. "Los políticos han regalado tantas licencias ilegales a sus familiares que nunca habrá suficiente pescado para todos nosotros."

Alonso, short and very round, spoke up, "That may be, Felix, but I'm not made to do anything but fish. Can you see me trying to ride a horse and herd cattle?"

Alfonso, un hombre pequeño y redondo, tomó la palabra: "Eso puede ser, Félix, pero no estoy hecho para hacer ninguna otra cosa más que pescar. ¿Puedes verme tratando de montar un caballo o arreando ganado?"

The men laughed as Alfonso rubbed his expansive belly and continued, "I'm not giving up. This is my life and I believe we can find an answer to this problem."

Los hombres se reían mientras Alfonso se frotaba el vientre y continuaba: "Yo no me rindo. Esta es mi vida y creo que podemos encontrar una respuesta a este problema ".

Heads nodded and there was a murmur of agreement among the earnest faces.

Las cabezas se agacharon y hubo un murmullo de aprobación entre los rostros serios.

Pedro spoke, "It's not just us. We need to think about all the people who depend on fishing in San Pedro. Gonzalez and his boat repair yard. All the women who work at the processing plant. Enrico and his supply store. Fishing supports the whole town and we need a new way to fish together that will provide for everyone."

Pedro habló, "No se trata sólo de nosotros. Tenemos que pensar en todas las personas que dependen de la pesca en San Pedro. González y su astillero de reparación de barcos. Todas las mujeres que trabajan en la planta de procesamiento. Enrico y su tienda de suministros. La pesca apoya a toda la ciudad y necesitamos una nueva forma de pescar juntos, una que provea para todos ".

"You're absolutely right!"

"¡Estás absolutamente en lo correcto!"

All heads turned in surprise to see Rodrigo, who had slipped in unseen behind them.

Todas las cabezas se voltearon con sorpresa al ver a Rodrigo, quien se había metido a la reunión por detrás, sin ser visto.

Miguelito sat unnoticed nearby as the government man continued, "I've thought a lot about what you said at the church, Pedro, and I believe you're right. The government plan to pay fishermen to stop fishing will not fix the problem. It would just delay the end of the fishery. We need a bigger

Miguelito se sentó cerca, pasando desapercibido mientras el hombre de gobierno continuó, "He pensado mucho sobre lo que dijiste en la iglesia Pedro, y creo que tienes razón. El plan del gobierno para pagarle a los pescadores para detener la pesca no solucionará el problema. Solamente

solution, a bigger way of looking at this problem."

retrasará el final de esta actividad. Necesitamos una mejor solución, una manera más grande de mirar este problema ".

The fishermen stared silently at Rodrigo, and then Pedro smiled and spoke, "I'm beginning to like you Rodrigo. For the first time in years, I've just heard a government man speak the truth."

Los pescadores miraron en silencio a Rodrigo y luego a Pedro, quien sonrió y dijo: "Estás empezando a caerme bien, Rodrigo. Por primera vez en años, acabo de oír a un hombre del gobierno decir la verdad".

Everyone laughed.

Todos se rieron.

Pedro continued, "That said, my old mind needs new ideas."

Pedro continuó: "Habiendo dicho esto, mi vieja mente necesita ideas nuevas."

Another voice spoke up, "Perhaps we should ask what the people in Santa Clara are doing."

Otra voz dijo, "Tal vez deberíamos preguntarnos qué es lo que el pueblo de Santa Clara está haciendo."

All eyes turned to Diego, a young man with the beginnings of a mustache. "My cousin tells me they've formed a fishing association and are working together with the government to build a sustainable fishing program that supports the economy of the entire community."

Todos los ojos se voltearon al ver a Diego, un joven a quien le empezaba a salir el bigote. "Mi primo me dice que han formado una asociación de pesca y que están trabajando en conjunto con el gobierno para construir un programa de pesca sostenible que apoye a la economía de toda la comunidad."

The older fishermen studied Diego. Words like "sustainable" frightened most of them, but they were wise enough to know they needed new ideas.

Los viejos pescadores miraron a Diego. Palabras como "sostenible" asustaba a la mayoría de ellos, pero eran lo suficientemente sabios para saber que necesitaban nuevas ideas.

Viktor spoke up, "I've heard of that group. My wife's brother is part of it. I'll talk with him and perhaps, Diego, you can talk with your cousin and find out what they are doing."

Victor dijo, "He oído hablar de ese grupo. El hermano de mi esposa es parte de el. Voy a hablar con él y tal vez Diego pueda hablar con su primo y saber lo que están haciendo".

Diego nodded, adding, "I think they even have a website. I'll check it out," and his thumbs began typing quickly on his cell phone.

Diego asintió con señal de agrado y agregó: "Creo que incluso tienen un sitio web. Voy a investigar "y sus pulgares empezaron a escribir rápidamente en su teléfono celular.

"Website" was even more scary than "sustainable" but, again, the older fishermen knew they needed a new way of looking at their problem.

"Sitio Web" fue aún más aterrador que "sostenible", pero de nuevo, los pescadores más viejos sabían que necesitaban una nueva forma de ver su problema.

"These are great ideas, and I suggest you act on them quickly," said Rodrigo, "because in seven days, the government's offer to buy out San Pedro's fishermen expires. In one week, if we don't come up with a different plan to save the fishery, the government money will go somewhere else."

"Estas son grandes ideas, y yo sugiero que actúen de forma rápida", dijo Rodrigo, "porque en siete días, la oferta del gobierno de comprar a los pescadores de San Pedro expirará. En una semana, si no llegamos a un plan diferente para salvar la pesca, el dinero del gobierno se irá a otro sitio".

The men looked at each other and Viktor spoke up, "Okay then, Alex and I will make some calls. The rest of you, ask around. We need new ideas. Let's get together again next Wednesday."

Los hombres se miraron entre si y Victor dijo, "Está bien, entonces Alex y yo vamos a hacer algunas llamadas. El resto de ustedes, pregunten por ahí. Necesitamos nuevas ideas. Vamos a reunirnos de nuevo el próximo miércoles".

The men rose, shook hands with

Los hombres se levantaron, le dieron

Rodrigo, and started back to town.

la mano a Rodrigo y regresaron de nuevo al pueblo.

Standing alone, Pedro looked out at the dock and his beloved *Santa Rosa.* He was troubled. Something else would happen in seven days. Unless he made enough money to pay the bank, he would lose his boat.

Estando parado ahí solo, Pedro miró hacia el muelle y a su querida Santa Rosa. Él estaba preocupado. Otra cosa sucedería en siete días. A menos que él hiciera el dinero suficiente para pagar al banco, perdería su barco.

Still unnoticed, Miguelito watched his papa and wondered how he could help.

Aún desapercibido, Miguelito vio a su papá y se preguntó cómo podría ayudarlo.

CHAPTER 24

Payeto watched as his two totoaba friends played in the refuge.

Payeto vio como sus dos amigos totoaba jugaban en el refugio.

"Whoa!" said Tisco as he backed away from a sea anemone whose tentacles had grabbed him.

"Whoa!", Dijo Tisco mientras se alejaba de una anémona de mar cuyos tentáculos lo habían atrapado.

Tasco was chasing a frantic butterfly fish who finally eluded its pursuer by swimming through a small hole in the coral. Too late, Tasco discovered he didn't fit through the same hole.

Tasco estaba persiguiendo a una mariposa marina que aleteaba frenética hasta finalmente eludir a su perseguidor nadando a través de un pequeño agujero en el coral. Demasiado tarde Tasco descubrió que no pasaba por el mismo agujero.

"Ouch!" said the surprised fish.

"¡Ay!", Dijo el pez sorprendido.

Payeto wished he felt their joy, but, instead, he felt lonely. His head was filled with questions about home and family. How would he ever find them, he thought.

Payeto deseaba sentir alegría, pero en cambio, se sentía solo. Su cabeza estaba llena de preguntas sobre su hogar y su familia. Cómo los encontraría, pensó.

A manta ray floated by and Payeto remembered the time when he flew into the air with the pair of flying giants, happy and carefree.

Una mantarraya flotaba cerca de Payeto y recordó el momento en que él voló en el aire con la pareja de gigantes voladores, felices y sin preocupaciones.

Then he lost his mother. And now he was alone.

Luego perdió a su madre, y ahora estaba solo.

"Look!" cried Tasco, staring out beyond the reef, "Look! It's them!"

"¡Mira!" Gritó Tasco en dirección al otro lado del arrecife, " ¡Son ellos! "

Tisco swam beside Tasco, and the two watched a line of slowly moving fish, all headed in the same direction, all headed north.

Tisco nadó junto a Tasco, y los dos observaron una línea de peces moviéndose lentamente, todos iban en la misma dirección, todos se dirigían al norte.

"It's them! It's us!" shouted the two simultaneously.

"¡Son ellos! ¡Somos nosotros!", Gritaron los dos al mismo tiempo.

Payeto came up behind and studied the long line of fish. They were different sizes, some nearly six feet long, but all the same fish. Fish just like Tisco and Tasco. Totoaba. Then he heard the singing.

Payeto se acercó por detrás y estudió la larga cola de pescados. Eran de diferentes tamaños, algunos de casi seis pies de largo, pero todos los mismos peces. Peces iguales a Tisco y Tasco. Totoabas. Entonces oyó el canto.

"Going to the river."

"Vamos al río."

There was a slow, low chant coming from the train of fish.

Había un lento y bajo canto proveniente del tren de peces.

"Going to the river, Lordy."

"Vamos al río, Lordy".

Payeto watched in amazement as Tisco and Tasco's mouths began to move, "Going to the river. It's our time and we're going home."

Payeto vio con asombro como las bocas de Tisco y Tasco comenzaron a moverse, "Yendo al río. Es nuestro tiempo y nos vamos a casa".

"Payeto! It's our family! We've found them!" said Tisco swimming in excited circles around him.

" ¡Payeto! ¡Es nuestra familia! ¡Los hemos encontrado!", dijo Tisco nadando emocionado en círculos a su alrededor.

"Yes! It's really them!" said Tasco swimming around the porpoise in the opposite direction.

"¡Sí! Son realmente ellos", dijo Tasco nadando alrededor de la marsopa en dirección opuesta.

Payeto was getting dizzy when the two fish suddenly stopped and their two faces peered into his.

Payeto estaba mareado. Los dos peces se detuvieron de repente y sus dos caras se encontraron con la suya.

"It's just like the story, just like the story we learned in school," they both said.

"Es como la historia, al igual a la historia que aprendimos en la escuela", dijeron ambos.

There it was again, thought Payeto, that "story" thing.

Aquí vamos otra vez, pensó Payeto, esa cosa de " la historia".

"We're going back to the River," said Tasco.

"Vamos a volver al río", dijo Tasco.

"We're going home," said Tisco.

"Nos vamos a casa", dijo Tisco.

The two fish turned to face the totoaba procession. The fish seemed to be in a daze, following some unseen guide, chanting, "Going to the river..."

Los dos peces se voltearon hacia la procesión de totoabas. Les parecía estar en un sueño, siguiendo a un guía invisible, cantando "Vamos al río ..."

"Payeto, it's our time, don't you see," pleaded Tisco.

"Payeto, es nuestro tiempo ¿no lo ves?", dijo Tisco.

Yes, he did.

Si, él lo veía.

"I understand, my little friends," said Payeto.

"Lo entiendo amigos", dijo Payeto.

"Wish us well," said Tisco.

"Deséanos lo mejor", dijo Tisco.

"We'll see you again," said Tasco.

"Nos veremos de nuevo", dijo Tasco.

And the two totoaba dashed into the line of their migrating family, pausing to look back at a very lonely porpoise.

Y los dos totoaba se metieron a la línea de su familia migrante, haciendo una pausa para mirar hacia atrás a la marsopa solitaria.

"Goodbye!" they chorused, and were gone.

"¡Adiós!" Dijeron a coro, y se fueron.

"Goodbye," said Payeto softly.

"Adiós", dijo Payeto suavemente.

"Going to the river, Lordy," sang the pilgrims.

"Nos vamos al rio, Lordy", cantaban los peregrinos.

"It's our time and we're going home."

"Es nuestro tiempo y nos vamos a casa."

And the annual totoaba migration moved north to their Colorado River home.

La migración anual de totoaba se dirigía al norte, a su hogar, El Río Colorado.

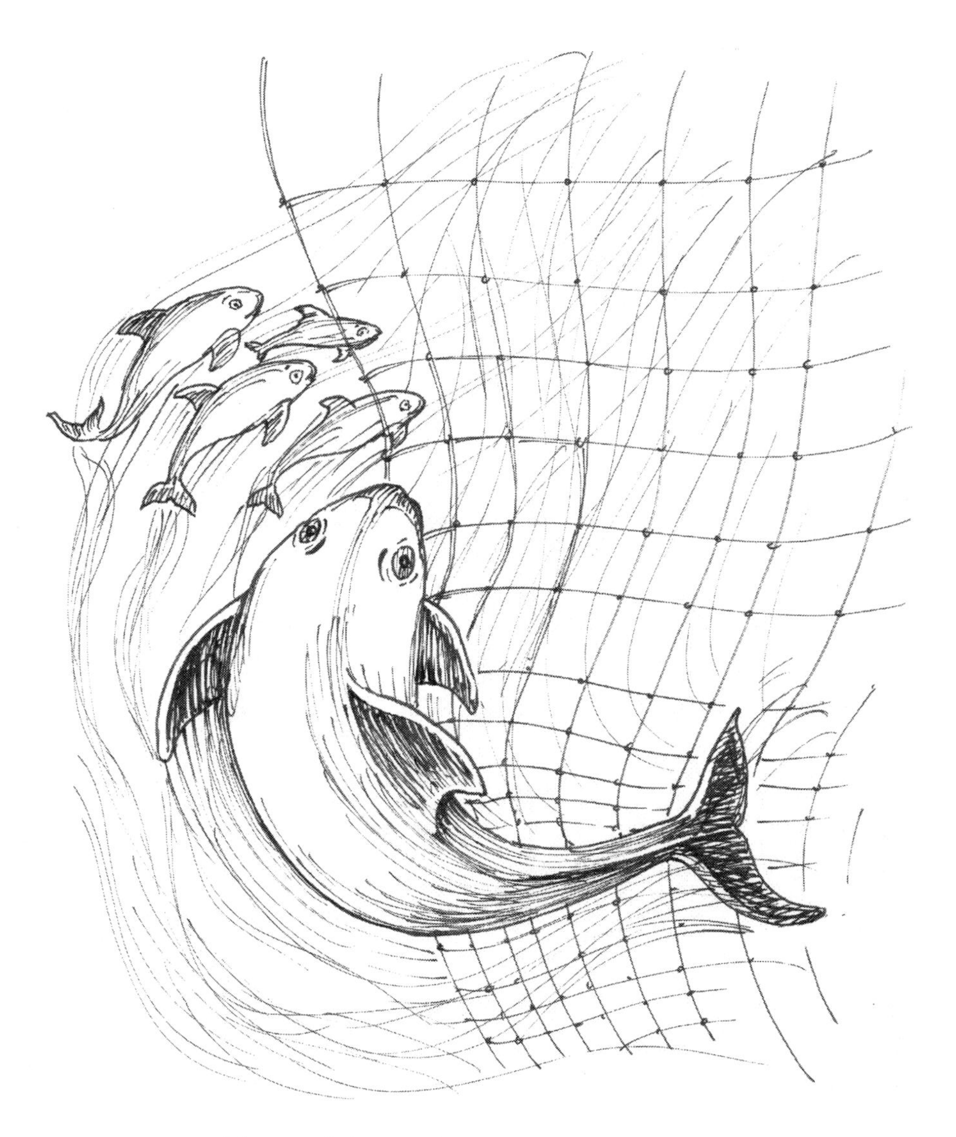

Trapped Again / *¡Atrapado otra vez!*

CHAPTER 25

Payeto nosed above the water to breathe. In front of him was an empty ocean. The beauty of the evening's sunset colors did not comfort him. He'd been wandering, mindless, lost without his totoaba friends.

Payeto salió por encima del agua para respirar. Frente a él había un océano vacío. La belleza de los colores del atardecer no lo consolaba. Él había estado vagando sin sentido, perdido sin sus amigos totoabas.

Payeto had never felt so alone. Where was his home? Where was his family?

Payeto nunca se había sentido tan solo. ¿Dónde estaba su casa? ¿Dónde estaba su familia?

Then he saw her.

Fue entonces cuando la vio.

At first, she was just a small flash in front of him. Getting closer, Payeto realized it was something leaping out of the waves, something playing and happy.

Al principio, no era más que un pequeño flash delante de él. Cada vez más cerca, Payeto se dio cuenta de que era algo que saltaba en el oleaje, algo jugando y feliz.

He heard a voice, "I'm so happy to be free, playing in the Vermillion sea."

Oyó una voz, "Estoy tan feliz de estar libre, jugando en el mar bermellón."

It was a female voice, a girl's voice.

Era una voz femenina, la voz de una chica.

The song continued, "I'm so happy to be me, swimming in the Vermillion sea."

La canción continuó, "Estoy tan feliz de ser yo, nadar en el mar bermellón."

She giggled.

Ella se reía.

Payeto's eyes stared in amazement.

Los ojos de Payeto miraban con

In front of him was another vaquita porpoise.

Shooting forward, his dorsal fin sending up a cloud of spray, Payeto yelled, "Hey! Look, it's me!"

The other vaquita stopped, turned, and watched the masked porpoise rush at her.

"It's me, Payeto, and I've been looking for you for so long."

At that moment, the net swept up behind Payeto and swallowed him. Payeto had one last look at the startled female vaquita before terror overwhelmed him. He was trapped, caught again by the same black terror that had taken his mother. He swam frantically towards the light above.

On the *Conquistador*, Carlos watched the net come in. A large totoaba fell on the deck. Another good catch, he thought. It was so much easier to find totoaba during their migration. Yes, he smiled, it was illegal, but who was going to catch him?

There was good money in poaching, Carlos thought. And it was all about the money.

asombro. Delante de él había otra vaquita marina.

Payeto nadó en dirección a ella con gran velocidad, su aleta dorsal levantó una línea de agua y entonces Payeto gritó, "¡Hey! ¡Mira, soy yo!"

La otra vaquita se detuvo, se volteo y miró a la marsopa enmascarada acercándose a ella.

"Soy yo, Payeto, y te he estado buscando durante tanto tiempo."

En ese momento, la red se extendió por detrás de Payeto y se lo tragó. Payeto dio una última mirada a la sorprendida vaquita antes de que el terror se apoderara de él. Estaba atrapado, atrapado de nuevo por el mismo terror negro que se había llevado a su madre. Nadó frenéticamente hacia la luz, hacia arriba.

A bordo del Conquistador, Carlos vio entrar la red. Un gran totoaba cayó en la cubierta. Otro buen partido, pensó. Era mucho más fácil encontrar totoabas durante su migración. Sí, él sonrió, era ilegal, pero ¿quién lo iba a atrapar?

Había buen dinero en la caza furtiva, pensó Carlos. Y todo era por dinero.

Tommy and the drone / Tommy y el drone

CHAPTER 26

"Let me help you, Miguelito," and Gonzo stepped in front to hold the door open, allowing Miguelito to ease through the school exit with his cast and crutch.

"Deja que te ayude, Miguelito", dijo Gonzo quien pasó por delante de él para mantener la puerta abierta, permitiéndole a Miguelito salir de la escuela con su yeso y la muleta.

"Thanks Gonzo," said Miguelito. Gonzo had changed, thought Miguelito. After the bullying incident, the women in town had decided to teach Gonzo a lesson. The whole town had refused to help him until he had made up to Miguelito. Carmelita, who ran Gonzo's favorite taco stand, had told him that in no uncertain terms.

"Gracias Gonzo", dijo Miguelito. Gonzo había cambiado, pensó Miguelito. Después del incidente de la intimidación, las mujeres en la ciudad habían decidido enseñarle a Gonzo una lección. Todo el pueblo se había negado a ayudarlo hasta que él hiciera algo bueno por Miguelito. Carmelita, la dueña del puesto de tacos favorito de Gonzo, se lo había dicho en términos muy claros.

"No more tacos for you, G-man, until you fix the mess you made with Miguelito," she'd said, waving a very large knife in the frightened boy's face.

"No hay más tacos para tí, Hombre-G, hasta que arregles el desastre que hiciste con Miguelito", había dicho ella, agitando un cuchillo muy grande en la cara del muchacho asustado.

The next day, Gonzo stopped Miguelito on the way home from school and apologized. Miguelito smiled as the two boys headed out to the school yard. Now, they were almost friends.

Al día siguiente, Gonzo detuvo a Miguelito camino a casa desde la escuela y se disculpó. Miguelito sonrió mientras los dos muchachos se dirigieron hacia el patio de la escuela. Ahora ellos eran casi amigos.

In front of them, they saw the surprise Mr. Mendez had told them about. There in the middle of the field stood a pickup truck with Rodrigo beside it. Already, there was a group of eager students gathered around the back of the truck.

"Wow! Look at that!"

"Cool!"

"Awesome!"

The class was admiring a miniature airplane mounted on a track that ran up and over the cab of the truck.

"My friends," said Rodrigo, his arm on the shoulder of a young man with large glasses, long hair, wearing a red flower shirt.

"Let me introduce you to Tommy," said Rodrigo. "Tommy's on loan to us from an international organization that wants to help us stop poaching. Let's listen to Tommy tell us what he and his toy can do."

Tommy beamed and put his hand on the small plane, "In case you haven't figured it out, this is a drone, a remote controlled airplane. But it's not just any drone, this is the Nighthawk 1000 and it can do some really cool things."

Frente a ellos, vieron la sorpresa sobre la cual el Sr. Méndez les había hablado. Allí, en el centro del campo había un camioneta. Rodrigo estaba junto a ella, y un grupo de estudiantes ansiosos se habían reunido alrededor de la parte trasera del camión.

"¡Guau! ¡Mira eso!"

"¡Guau!"

"¡Impresionante!"

La clase estaba admirando un avión en miniatura montado en una pista encima de la cabina del camión.

"Mis amigos", dijo Rodrigo poniendo su brazo sobre el hombro de un joven con grandes gafas y pelo largo, vestido con una camisa roja.

"Permítanme presentarles a Tommy", dijo Rodrigo. "Tommy nos fue enviado desde una organización internacional que quiere ayudar a detener la caza furtiva. Vamos a escuchar a Tommy lo que tiene para decir sobre su juguete".

Tommy sonrió y puso su mano en la avioneta, "En caso de que no se hayan dado cuenta, este es un drone, un avión a control remoto. Pero no es cualquier drone, este es el Nighthawk 1000 y puede hacer algunas cosas muy interesantes".

There was a buzz among the students as Tommy lifted the plane. It had a wingspan of nearly six feet. He held it out for the students to touch.

Hubo un rumor entre los estudiantes mientras Tommy levantaba el avión. Tenía una envergadura de casi seis pies. Lo agarró para que los estudiantes pudieran tocarlo.

"Incredible!"

"¡Increíble!"

"Can you believe this!"

"¿Pueden creer esto!"

"Man, I want one of these for Christmas!"

"Hombre, yo quiero uno de estos para la Navidad!"

The students were fascinated. Tommy continued, "This little baby has an electric motor that keeps it up for over twenty hours and what's really neat is this." He turned the plane over and pointed at a black plastic bubble on the its bottom.

Los estudiantes estaban fascinados. Tommy continuó: "Este pequeño bebé tiene un motor eléctrico que lo mantiene encendido hasta por más de veinte horas, y lo que es realmente interesante es esto." Volteó el avión y señaló una burbuja de plástico negro en la su parte inferior.

"Who knows what this is?"

"¿Quién sabe lo que es esto?"

Magda raised her hand and Tommy pointed at her.

Magda levantó la mano y Tommy la señaló.

"It's a camera," she said.

"Es una cámara", dijo.

"It sure is," Tommy said, "but not just any camera."

"Claro que sí," dijo Tommy, "pero no cualquier cámara."

He pointed to the bubble hiding the camera and looked at the class, "This camera can read the words in your science books from one thousand feet up in the air."

Apuntó la burbuja oculta debajo de la cámara y miró a la clase, "Esta cámara puede leer las palabras en sus libros de ciencia a mil pies de altura."

"Really!"

"¡De Verdad!"

"No way!"

"¡De ninguna manera!"

"Okay," said Tommy, putting the drone back on its track and hooking it to a taut bungee cord, "time for show and tell."

"Está bien", dijo Tommy, poniendo el drone de vuelta en su pista y conectándolo a una cuerda elástica, "es tiempo de mostrarles lo que puede hacer ."

He motioned for the students to move back and opened a computer on the tailgate. Alongside sat a joystick remote control.

Hizo un gesto para que los estudiantes se movieran hacia atrás y abrió un ordenador en la cajuela. Lo puso junto a un control remoto con palanca de mano.

"Everybody clear," Tommy said and looked around to make sure all were safely away. Then, he pushed a button on the remote. The plane's propeller whirred. Next, Tommy pushed another button and there was a combined gasp of amazement.

"Todo el mundo lejos", dijo Tommy y miró a su alrededor para asegurarse de que todos estuvieran seguros . A continuación apretó un botón en el control remoto. La hélice del avión zumbó. Tommy pulsó otro botón y se produjo una combinación de gritos ahogados y asombro.

"Wow!" the class exclaimed together as the small plane hurtled into the sky with the release of the bungee cord.

"Guau!", Exclamó la clase junta mientras el avioncito se precipitaba hacia el cielo con el lanzamiento de la cuerda elástica.

They watched as Tommy used the joystick to circle the plane over the field to gain altitude. Then he motioned them over to the computer.

Ellos veían como Tommy utilizaba la palanca de mano para que el avión diese vueltas sobre el campo y ganase altura. Después, los llamó alrededor de la computadora.

"Check this out," said the proud

"Miren esto", dijo el piloto orgulloso,

pilot, and the students stared at the computer screen. They were looking down at San Pedro, the houses, the church, and then the harbor.

"Can you believe this," said a voice tugging at Miguelito's shirt. It was Gonzo.

Then Tommy zoomed the camera in on the group around the truck. Soon they could see themselves looking at the computer. Gonzo looked up and the class laughed as Tommy focused on Gonzo's face, so close they could count his teeth. Yet, far above them, they could not see the tiny plane with its powerful camera.

"Unbelievable," said Gonzo.

"And what's even more cool," said Tommy, "is that we can even see things at night." He typed a command on the computer and the screen switched to shades of green on black.

"The Nighthawk has night vision," he told them. "And why do you think that's important?"

This time, no hands came up.

Rodrigo spoke, "Because night time is when poachers come out. Tommy and the Nighthawk are going to do

y los estudiantes se quedaron mirando la pantalla del ordenador. Estaban mirando San Pedro, las casas, la iglesia, y luego el puerto.

"¿Puedes creer esto?", dijo una voz jalando de la camisa a Miguelito. Era Gonzo.

Entonces Tommy acercó la cámara al grupo alrededor del camión. Estaban mirando a través del ordenador. Gonzo levantó la vista y la clase se rió mientras Tommy se centraba en el rostro de Gonzo, tan cerca que podían contar los dientes. Sin embargo, muy por encima de ellos, no podían ver al pequeño avión con su cámara de gran alcance.

"Increíble", dijo Gonzo.

"Y lo que es aún más asombroso", dijo Tommy, "es que aún podemos ver las cosas en la noche." Escribiendo algo en el ordenador y la pantalla cambió el tono de negro a verde.

"El chotacabras tiene visión nocturna", les dijo. "¿Y para qué creen que es importante?"

Esta vez, nadie levantó la mano.

Rodrigo dijo, "Porque en la noche es cuando salen los cazadores furtivos. Tommy y el "drone" van a hacer lo

what I can't. He's going to search for poachers. Thanks to his conservation friends, now we don't need boats and men to catch them. Now we've got Tommy and the Nighthawk."

que yo no puedo. Él va a buscar a los cazadores furtivos. Gracias a sus amigos ahora no necesitamos barcos y hombres para su captura. Ahora tenemos a Tommy y su cámara".

Rodrigo put his arm on Tommy, "But haven't you forgotten something?"

Rodrigo puso su brazo sobre Tommy, "Pero ¿no has olvidado algo?"

Tommy looked quizzically at Rodrigo.

Tommy miró con curiosidad a Rodrigo.

Rodrigo laughed, "How do you bring Nighthawk home?"

Rodrigo se rió, "¿Cómo puedes llevar el avión a casa?"

Tommy smiled, "Oh that! Of course!"

Tommy sonrió, "Oh, eso ¡Claro!"

"This is really cool too," he said to the class, operating the remote control to bring the plane closer to the ground. He looked up to see the drone over the field, and continued, "We don't land Nighthawk like a regular airplane. Instead, we do this," and he pushed a red button on the remote.

"Esto es realmente genial también", le dijo a la clase, operando el mando a distancia para traer al avión cerca del suelo. Levantó la vista para ver el drone sobre el campo, y continuó: "Nosotros no aterrizamos el drone como un avión normal, sino que hacemos esto", y presionó el botón rojo del control remoto.

The students stared up at the small plane in the sky and suddenly it stopped as a bright orange parachute burst open behind it. The drone floated gently downward.

Los estudiantes se quedaron mirando al pequeño avión en el cielo y de pronto vieron como un paracaídas color naranja brillante se abría de golpe detrás de él.

In seconds, the plane landed softly on its back a short distance from the truck as the class circled around. Tommy gathered up his prize.

En un segundo el avión aterrizó suavemente a poca distancia de la camioneta. La clase lo rodeó y Tommy recogió su premio.

"Unreal!" said Gonzo, stepping up to touch the plane in admiration.

Miguelito smiled, "Almost as unreal as the town bully now liking science class."

"¡Increíble!", Dijo Gonzo, dando un paso hacia adelante para tocar el avión con admiración.

Miguelito sonrió, "Casi tan increíble como que al molestón del pueblo ahora le guste la clase de ciencias."

CHAPTER 27

The family sat hushed at the table. Miguelito looked at Pedro. His papa had barely eaten. Everyone knew Pedro was upset. Even Zorro had retreated to his box under the altar, looking out at the troubled family with his head on his arms.

La familia se sentó callada en la mesa. Miguelito miró a Pedro. Su padre apenas había comido. Todo el mundo sabía que Pedro estaba molesto. Incluso Zorro se había retirado a su caja bajo el altar y miraba a la familia con la cabeza sobre sus brazos.

Rosa carried a pot from the stove to the table. "More beans Papa?" she asked.

Rosa llevó una olla desde la estufa a la mesa. "¿Más frijol cariño?", Preguntó.

Pedro looked up. "No thanks," he said.

Pedro miró hacia arriba. "No, gracias", dijo.

Rosa sat. Cautiously, she said, "I talked with Sonya and several women from town today. We think there are things we can do to help save the fishery and San Pedro."

Rosa se sentó, y con cautela le dijo: "Hablé con Sonya y varias mujeres del pueblo hoy. Creemos que hay cosas que podemos hacer para ayudar a salvar la pesca y a San Pedro".

Pedro's head jerked up and he exploded, "So it's come to that! I can't feed my own family, and now I need the town's women to save me!"

La cabeza de Pedro se sacudió y él explotó, "¡Así que hemos llegado a eso! No puedo alimentar a mi familia y ahora necesito a las mujeres del pueblo para salvarme! "

There was a knock and Pedro stopped abruptly. All turned to see a silhouette standing in the open doorway.

Se oyó un golpe y Pedro se detuvo abruptamente. Todos se voltearon para ver una silueta de pie en la puerta abierta.

"Excuse me Pedro, I'm sorry to interrupt."

"Disculpe Pedro, siento interrumpir."

Pedro knew the voice. It was the banker, Juan Martin. He rose and went to the door.

Pedro conocía esa voz. Era el banquero Juan Martín. Se levantó y se dirigió a la puerta.

"Good evening Martin. You're out after banking hours," he said and the two men shook hands. Pedro continued, "Let's talk outside," and closed the door behind him.

"Buenas noches Martin. Estás fuera del horario bancario", dijo, y los dos hombres se dieron la mano. Pedro continuó: "Vamos a hablar afuera", y cerró la puerta al salir.

The family knew why Martin was there. It was the reason Papa was angry. They knew that unless Pedro could pay Martin and his bank by Monday, Papa would lose the *Santa Rosa.*

La familia sabía por qué Martin estaba allí. Era la razón por la que papá estaba enojado. Sabían que si Pedro no le pagaba a Martin y a su banco a más tardar el lunes, papá perdería el Santa Rosa.

There were shouts. Through the window they saw Pedro waving his arms.

Escucharon gritos. A través de la ventana vieron a Pedro agitando los brazos.

The door burst open and Pedro grabbed his coat.

La puerta se abrió de golpe y Pedro tomó su abrigo.

"I'm going out," he yelled, slamming the door as he left.

"Voy a salir" gritó, cerrando la puerta tras de sí.

The children stared at Rosa with anxious eyes.

Los niños miraron a Rosa con ojos ansiosos.

CHAPTER 28

Father Reynaldo stepped into his church and looked down the center aisle. In front, candles flickered on the altar. There was little light, but he saw a lone man kneeling in the middle of the pews. He started forward, then stopped. To one side sat Sanchez.

Padre Reynaldo entró a su iglesia y miró por el pasillo central. En el frente, las velas parpadeaban en el altar. Había poca luz pero alcanzó a ver a un hombre solitario de rodillas en medio de las bancas. Él dio unos pasos y se detuvo a medio camino. A su lado se sentó Sánchez.

Father Reynaldo quietly sat next to the ghost. The two looked at each other.

Padre Reynaldo se sentó en silencio junto al fantasma. Los dos se miraron.

"I know this is not your favorite place Sanchez," said the father softly, "what brings you here tonight?"

"Sé que este no es tu lugar favorito Sánchez", dijo el padre en voz baja, "¿qué te trae por aquí esta noche?"

Grandfather Sanchez looked at the priest, and then at the lone man in front of them.

El abuelo Sánchez miró al sacerdote, y luego al hombre solitario frente a ellos.

"My son needs help priest," said Sanchez, "and he's calling on you."

"Mi hijo necesita ayuda sacerdote", dijo Sánchez, "y él está pidiéndosela a usted."

Father Reynaldo nodded. Then he rose, and walked slowly down the aisle. The father slipped into the pew with Pedro and silently knelt beside him.

Padre Reynaldo bajó la mirada. Luego se levantó y caminó lentamente por el pasillo. El sacerdote se deslizó por el banco donde estaba Pedro y se arrodilló silencioso junto a él.

On his knees, head bowed and hands clasped in prayer, it took a moment

Hincado, con la cabeza inclinada y las manos juntas en oración, a Pedro le

for Pedro to notice the priest.

tomó un momento notar la presencia del sacerdote.

"I'm glad you've come," said the priest quietly.

"Me alegro que hayas venido", dijo el sacerdote en voz baja.

Pedro, tears in his eyes, looked at the priest a long time. "I've nowhere else to go Father," he whispered, "nowhere."

Pedro, con lágrimas en sus ojos, lo miró unos segundos. "No tengo a donde ir Padre", susurró, "ninguna parte".

He bowed his head. "I've failed, Father," said Pedro sobbing, "I've failed as a father, as a husband, and as a man."

Él inclinó la cabeza. "He fallado" dijo Pedro sollozando, "He fracasado como padre, como marido, y como hombre."

Pedro looked into the priest's sad eyes, "I've done my best, but I've failed."

Pedro miró los ojos tristes del sacerdote, "He hecho mi mejor esfuerzo, pero he fallado."

The distraught man sobbed. Father Reynaldo put an arm on Pedro's shaking shoulder.

El hombre angustiado continuó sollozando. El Padre Reynaldo pasó un brazo sobre el hombro tembloroso de Pedro.

"It may appear as if you've failed Pedro," consoled the father, "as if all is lost. But this is the time, the darkest moment, when you need to have faith. I know you are a good man. You have always been a good father and loving husband. God knows this, my son."

"Quizás te parezca que has fallado Pedro," lo consoló el padre, "como si todo estuviera perdido. Pero este es el momento más oscuro, cuando es necesario tener fe. Sé que tu eres un buen hombre. Siempre has sido un buen padre y un marido cariñoso. Dios lo sabe, hijo mío".

Father Reynaldo hugged Pedro closer. "You are not alone Pedro. God will help you. Your friends and

El Padre Reynaldo abrazó a Pedro. "Tú no estás solo Pedro. Dios te ayudará. Tus amigos y San Pedro te

San Pedro will help you. This is not your problem alone. This is a time for community, a time for us to work together to build a better future."

ayudarán. Este no es únicamente tu problema. Este es el momento para que la comunidad y todos nosotros trabajemos juntos para construir un futuro mejor".

Pedro's sobbing slowed, and he turned to look at Father Reynaldo with pleading eyes. "I don't know any other way but to take care of my problems myself."

Pedro se tranquilizó, y se volteo a mirar al Padre Reynaldo con ojos suplicantes. "No conozco ninguna otra manera, siempre me he encargado de mis problemas yo mismo."

"This is where you start, Pedro," said the father. "You start by asking for help. This is a time to be humble, a lesson all good men must learn."

"Aquí es donde empiezas, Pedro", dijo el padre. "Se empieza por pedir ayuda. Este es el momento de ser humilde, una lección que todos los hombres buenos tienen que aprender".

"Yes," said Pedro looking up at the altar and the gold cross above it, "perhaps it is time I learned this lesson."

"Sí", dijo Pedro mirando hacia el altar y la cruz de oro que estaba frente a él, "tal vez es hora de aprender esta lección."

Slowly, the two men rose, crossed themselves, and walked towards the back of the church.

Lentamente, los dos hombres se levantaron, se persignaron, y caminaron hacia la parte posterior de la iglesia.

Father Reynaldo nodded at Sanchez as they passed the praying ghost.

Al pasar frente al fantasma que estaba orando, Padre Reynaldo saludó a Sánchez

CHAPTER 29

The small saw whined as Dr. Garcia cautiously cut away the plaster cast. Miguelito and his family watched anxiously as the cast that had been his constant companion for months was carefully carved away. From his seat on the exam table, he stared down as pieces of plaster fell into the bucket below. Soon, the doctor broke the cast into halves and dropped them into the bucket. Then his gentle hands began unwinding the bandage. Suddenly Miguelito was looking at his foot again, shriveled, white, and slightly misshapen. He tried to move his toes.

El muchacho miraba al Dr. García cortar con cautela el yeso. Miguelito y su familia observaban con ansiedad mientras le retiraban el yeso que había sido su compañero constante durante meses. Desde su asiento en la mesa de exámenes, Miguelito observaba mientras las piezas de yeso caían en la cubeta que estaba debajo de él. Pronto, el médico rompió el molde en dos mitades y las dejó caer en la cubeta. Entonces sus manos comenzaron a desenrollar la venda suavemente. De repente Miguelito se encontró observando su nuevo pie, arrugado, blanco y un poco deforme. Trató de mover los dedos.

"Ouch!" cried the boy. He'd expected his foot would suddenly be as it was before, that everything would be fine.

"¡Ay!", Exclamó el muchacho. Esperaba que su pie quedara como era antes, que todo fuera a estar igual.

"Not so fast, young man. Your foot will need a few days to wake up," cautioned Dr. Garcia, gently rubbing the tender foot. "Everything feels fine, mostly," he said, testing range of motion by twisting the foot at the ankle. Then Dr. Garcia looked up at Pedro and Rosa. They had edged closer to see their boy's foot.

"No tan rápido jovencito. Tu pie necesitará unos días para despertar", le advirtió el Dr. García, frotándoselo suavemente. "Todo parece estar muy bien," dijo, poniendo a prueba la amplitud de movimiento, girando el pie hacia el tobillo. Luego el Dr. García miró a Pedro y a Rosa. Ellos miraban atentos el pie de su hijo.

"It seems to have healed as well as we'd hoped," said the doctor, "which means that most of the bones have fused correctly. But, unfortunately, because of the extent of the injury, some of them are misaligned."

"Parece haber sanado tal como lo esperábamos", dijo el doctor, "lo que significa que la mayoría de los huesos han pegado correctamente. Pero, lamentablemente, debido a la extensión de la lesión, algunos de ellos están desalineados".

"What does that mean?" asked an anxious Pedro, touching Miguelito's shoulder.

"¿Qué significa eso?", Preguntó Pedro ansioso, tocando el hombro de Miguelito.

"It means," answered Dr. Garcia, "That Miguelito will be able to walk now and with some work he'll not have much of a limp. But to truly repair the damage, he will need special surgery; something I can't do. This would require a surgeon in the city."

"Significa," respondió el doctor García, "Que Miguelito será capaz de caminar ahora y con un poco de trabajo no va a cojear mucho. Pero para realmente reparar el daño se necesitará una cirugía especial; algo que no puedo hacer yo. Esto requerirá de un cirujano en la ciudad".

Pedro was crestfallen and Rosa steadied her husband. The two girls hugged each other. Miguelito said nothing, trying to absorb what the doctor's words meant.

Pedro quedó cabizbajo y Rosa estabilizó a su marido. Los dos se abrazaron. Miguelito no dijo nada, tratando de asimilar lo que significaban las palabras del médico.

Dr. Garcia rose from his stool. "Now Miguelito, let's try standing on that foot." He lifted the boy gently. Miguelito stood gingerly, testing his weight on the newly released foot. He looked down and noticed that it twisted slightly, but there was no pain. He took a few steps, looked up, and smiled.

El Dr. García se levantó de su banca. "Ahora Miguelito, trata de pararte en ese pie." Él levantó el niño suavemente. Miguelito se paro con cautela, poniendo su peso sobre el pie recién estrenado. Miró hacia abajo y se dio cuenta de que se torció un poco, pero no había dolor. Dio unos pasos, levantó la vista y sonrió.

"That's good," said the doctor, "now sit down again and I'll put on a walking boot that will help you for a few days."

"Eso es bueno", dijo el doctor, "ahora siéntate de nuevo y te voy a poner una bota para caminar, eso te ayudará durante algunos días."

Dr. Garcia fit him with a soft fabric boot that would protect his tender foot until its strength returned. Miguelito stood again.

El Dr. García le encajó una bota de tela suave que protegería el débil pie hasta que su fuerza regresara. Miguelito se paró de nuevo.

"Thank you doctor," said the boy, smiling, happy to be free from the plaster cast he'd carried for months.

"Gracias doctor", dijo el muchacho, sonriendo, feliz de estar libre del yeso que había llevado durante meses.

Taking a step forward, Miguelito stumbled, but his two sisters caught him.

Dando un paso hacia adelante, Miguelito tropezó, pero sus dos hermanas pudieron agarrarlo.

"We'll help you Miguelito," they said, each taking an arm and steadying him.

"Nosotras te ayudaremos Miguelito", dijeron, cada una tomándole un brazo y estabilizándolo.

Miguelito looked back at his mother with her arms wrapped around Pedro, his father's face looking sadder than Miguelito had ever seen.

Miguelito miró a su madre con sus brazos alrededor de Pedro, el rostro de su padre se veía tan triste como nunca antes lo había visto.

Yes, we'll all help each other, thought the boy as his sisters guided him through the door.

Sí, todos vamos a ayudarnos unos a otros, pensó el niño mientras sus hermanas lo guiaban por la puerta.

CHAPTER 30

Dark clouds raced across the sky. Thunder boomed and fractured lightning lit an angry ocean. The clouds ripped apart, exposing a naked moon.

Nubes oscuras recorrían el cielo. Un trueno retumbó y los relámpagos se encendieron en el océano furioso. Las nubes se partieron dejando al descubierto una luna desnuda.

In an explosion of spray, a huge dark body erupted from the water.

En una explosión de agua, un enorme cuerpo oscuro surgió del océano.

A scream shattered the howling wind as Maku's huge black and white form froze in space. The King was locked in battle with his arch enemy, the giant squid, Red Devil. Glowing with fiery red splotches, the squids tentacles sucked at the killer whale's head while its savage beak tore into Maku's flesh.

Un grito rompió el viento aullador y la enorme forma negra y blanca de Maku se congeló en el espacio. El Rey estaba en plena batalla con su archienemigo, el calamar gigante, el "Diablo Rojo". Brillando con manchas rojas encendidas, los tentáculos del calamar se aferraron a la cabeza de la ballena mientras su espolón salvaje rasgó el cuerpo de Maku.

The combatants twisted in the air and crashed back into the sea.

Los combatientes giraron en el aire y se estrellaron de nuevo en el mar.

The tempest grew in fury. Thunder echoed through the heavens as lightning catapulted across the clouds. There was an anguished shriek as Maku rose again, the mangled body of Red Devil hanging from his mouth. The eternal battle between life and death ended as the King slammed back into the sea.

La tempestad crecía con furia. Un trueno resonó en el cielo mientras un rayo salió disparado a través de las nubes. Hubo un grito de angustia y Maku se levantó otra vez en el aire con el cuerpo destrozado del Diablo Rojo colgando de su boca. La eterna batalla entre la vida y la muerte terminó cuando el Rey se estrelló de nuevo en el mar.

The clouds closed around the speechless moon, leaving only a crying boy in a dark room.

Las nubes se cerraron alrededor de la silenciosa luna, dejando sólo a un niño llorando en una habitación oscura.

"Shhh. Shhhh," soothed his mother, holding him tightly. The small body relaxed, his breathing slowed. Then his eyes opened.

"Shhh. Shhhh, "lo calmó su madre, abrazándolo con fuerza. El pequeño cuerpo se relajó y su respiración se calmó. Entonces sus ojos se abrieron.

"Mama?"

"¿Mamá?"

"Shhhh Miguelito," whispered Rosa, "You are safe. God watches over you."

"Shhhh Miguelito", susurró Rosa, "Estás a salvo. Dios cuida de ti".

Rosa looked out at the streaking clouds and saw the moon peek into her boy's peaceful face. She wondered what the wild wind was blowing into San Pedro.

Rosa miró hacia las nubes y vio el reflejo de la luna en la cara pacífica de su hijo. Se preguntó qué sería lo que el viento salvaje traería a San Pedro.

Beside the window, Grandfather watched the mother soothe her frightened son, but there was nothing he could do.

Al lado de la ventana el abuelo vio a la madre calmar a su hijo asustado, pero no había nada que él pudiera hacer.

Some forces are beyond control.

Algunas fuerzas están fuera de control.

CHAPTER 31

The flags snapped loudly from their weathered pole as Pedro walked onto the dock. A big storm is coming, he thought, but not until tomorrow. He waved to several men tending their boats, then stopped to talk with Viktor.

Bent over the winch, Viktor was pulling on a big wrench when it slipped and he fell back on his seat.

"Blessed Mary!" cursed Viktor, throwing the wrench at the helpless winch.

"My friend," laughed Pedro, "I thought you'd given up playing mechanic."

Viktor turned in surprise to see Pedro standing on the dock above him. He smiled as he hoisted himself up, "I did, until I checked my bank account and found I can only afford to pay me to work for free."

Viktor wiped his greasy hands on his pants. "Enough of this," he said. "Sit with me, friend, I need a break."

Las banderas se movían ruidosamente en su poste degradado mientras Pedro entraba al muelle. Una gran tormenta se acerca pensó, pero no hasta mañana. Saludó a varios hombres que arreglaban sus barcos, pero se detuvo para hablar con Victor.

Doblado sobre el cabrestante, Victor estaba jalando una llave grande cuando se deslizó y cayó hacia atrás en su asiento.

"¡Bendita María!" Exclamó Victor, tirando la llave de la inservible maquina.

"Mi amigo", se rió Pedro, "Pensé que habías renunciado a jugar a ser mecánico."

Victor se sorprendió al ver a Pedro de pie en el muelle mirándolo desde arriba. Sonrió mientras subía, "lo hice, hasta que revisé mi cuenta bancaria y me di cuenta de que sólo puedo darme el lujo de pagarme a mi mismo."

Victor se limpió las manos grasientas en el pantalón. "Basta ya de esto", dijo. "Siéntate conmigo amigo, necesito un descanso."

Viktor reached into a cooler and took out two cold cans. Passing one to Pedro, he climbed onto the dock and the two men sat together on crates.

"I know what you mean," said Pedro, "the bank and I aren't getting along either."

"It's true for all of us, friend," said Viktor with his missing tooth smile, "but that's the life of a fisherman. Yes?"

"Yes, for all of us," said Pedro, sipping his drink and looking around at the other fishermen working on their boats.

"It's never been easy," said Viktor. "Fishing is a hard life. Besides banks, there are storms, lost nets, angry wives, even broken winches." Viktor laughed as he threw his empty can at the day's mechanical problem.

Then he looked back at his friend, "But fishing is our life, Pedro. It is what makes us free. It is what makes us men. We've faced tough times before, we'll make it through this tempest."

Pedro looked back at Viktor. "I

Victor metió la mano en un refrigerador y sacó dos latas frías. Pasándole una a Pedro, él se subió a la base y los dos hombres se sentaron juntos.

"Yo sé lo que quieres decir", dijo Pedro, "el banco y yo no nos llevamos bien tampoco."

"Es lo mismo para todos nosotros, amigo", dijo Victor con una sonrisa dejando ver que le faltaba un diente , "pero esa es la vida de un pescador. ¿No?"

"Sí, para todos nosotros", dijo Pedro sorbiendo su bebida y mirando alrededor a los otros pescadores que trabajaban en sus barcos.

"Nunca ha sido fácil", dijo Victor. "La pesca es una vida dura. Además de los bancos, hay tormentas, redes perdidas, esposas enojadas, incluso tornos rotos". Victor rió mientras lanzaba su lata vacía tras haber perdido el día haciendo de mecánico.

Luego volvió a mirar a su amigo, "Pero la pesca es nuestra vida, Pedro. Es lo que nos hace libres. Es lo que nos hace hombres. Hemos enfrentado momentos difíciles antes y saldremos adelante a pesar de la tempestad. "

Pedro volvió a mirar a Victor. "Yo

hope so. This is a new problem, much bigger, more complicated than anything we've ever faced."

espero que sí. Este es un problema nuevo, mucho más grande y más complicado que cualquier cosa que jamás hayamos enfrentado".

Pedro paused, then smiled, "But you're right Viktor, we've been through tough times before."

Pedro hizo una pausa y luego sonrió, "Pero tienes razón Victor, ya hemos pasado por tiempos difíciles antes."

He rose and patted his friend on the shoulder.

Se levantó y le dio unas palmaditas a su amigo en el hombro.

Viktor stood and asked, "And what are you doing out here?"

Victor se puso de pie y preguntó: "¿Y qué estás haciendo aquí?"

"We're going out tonight," said Pedro, "I need a good catch to make Monday's bank payment."

"Vamos a salir esta noche", dijo Pedro, "Necesito una buena pesca para hacer el pago del banco el lunes."

Viktor looked up at the coming dark clouds, "it's a big storm coming Pedro."

Victor miró las nubes oscuras que se aproximaban, "hay una gran tormenta que se aproxima Pedro".

"I've no choice, Viktor," replied Pedro. "It's either fish or lose my boat, and that," he said gravely, "that would destroy me."

"No tengo otra opción Victor", respondió Pedro. "O pesco o perderé mi barco, y eso", dijo con gravedad, "eso me destruirá."

Pedro looked at the grizzled face of the friend he loved, then said, "Besides, we'll be back before the storm hits."

Pedro miró la cara arrugada su amigo y dijo: "Además, vamos a estar de vuelta antes de que llegue la tormenta."

Viktor nodded in silent agreement and said, "Go with God, my friend."

Victor bajó la cabeza en silencio y dijo: "Ve con Dios, mi amigo."

They hugged, and Pedro walked

Se abrazaron y Pedro caminó hacia el

towards the *Santa Rosa* to make ready for the night's trip.

Later, the flags stretched straight in the freshening breeze as Pedro left the dock for home.

Santa Rosa para alistarse para el viaje de la noche.

Más tarde, las banderas se extendieron con la brisa que refrescaba y Pedro salió del muelle rumbo a su hogar.

CHAPTER 32

Sitting at the table, Pedro smiled. Tonight he was going fishing, something he loved and something he was good at. If Mother Ocean blessed him, he'd catch enough fish to pay the bank and save the *Santa Rosa*. If Mother Ocean blessed him, Pedro would still be a man who could support his family.

Sentado en la mesa, Pedro sonrió. Esta noche él se iba de pesca, algo que amaba y era bueno. Si la Madre Océano lo bendice, él pescará lo suficiente para pagar al banco y quedarse con el Santa Rosa. Si la Madre Océano lo bendice, Pedro seguiría siendo un hombre que puede mantener a su familia.

Pedro gulped down his food and called to Rosa, "Thank you, Mama, a good dinner. My stomach will remember your love tonight."

Pedro se tragó su comida y le dijo a Rosa: "Gracias cariño, una buena cena. Mi estómago se acordará de tu amor esta noche".

Rosa turned from the stove and smiled, then stopped, staring at the open doorway.

Rosa se apartó de la estufa y sonrió, luego se detuvo mirando fijamente a la puerta abierta.

"Pepé?" she said in surprise.

"¿Pepe?", Dijo con sorpresa.

All turned from the table to look at the visitor.

Todos se voltearon de la mesa para mirar el visitante.

"Pepé, you're early," said Pedro, getting up to shake hands with his mate, then motioning towards the table, "Sit, eat with us, Rosa has made a delicious posolé."

"Pepe, estás temprano", dijo Pedro, levantándose para estrechar la mano de su compañero, y luego señalando hacia la mesa, "Siéntate, come con nosotros, Rosa ha hecho un delicioso pozole."

Pepé did not move. Instead, looking

Pepe no se movió. En su lugar,

into Pedro's confused eyes, he said, "Pedro, I'm sorry, but my father has fallen from his horse on the ranch and we must take him to the hospital in the city. My brother will be here soon."

Pepé stopped and looked apologetically at Rosa, then back to Pedro, "I can't go out with you tonight, my friend."

Pedro's face fell. There was a long silence, then finally, Pedro said, "Of course, Pepé, you must take care of family."

A horn honked as a truck pulled up outside.

Pepé looked out, "That's my brother. I'm sorry Pedro," and he moved to the truck.

Pedro stood and watched as Pepé climbed in and the truck drove away. Then he turned and faced his family.

Miguelito had never seen his father look so broken.

Pedro threw up his hands and was about to say something when Miguelito spoke, "I'll go out with you, Papa."

mirando a los ojos confusos de Pedro le dijo: "Pedro, lo siento, pero mi padre se ha caído de un caballo en el rancho y lo debo llevar al hospital en la ciudad. Mi hermano estará aquí pronto".

Pepe se detuvo y miró en tono de disculpa a Rosa y se dirigió a Pedro nuevamente: "no puedo ir contigo esta noche amigo."

Pedro inclinó la cabeza. Hubo un largo silencio, y finalmente dijo: "Por supuesto Pepe, debes hacerte cargo de la familia."

Se escuchó una bocina y un camión se detuvo delante de la casa.

Pepe miró afuera, "Ese es mi hermano. Lo siento Pedro", y caminó hacia la camioneta.

Pedro se puso de pie y miró como Pepe subía al camión y se alejaba. Luego se volteo y se enfrentó a su familia.

Miguelito nunca había visto a su padre con tan mal aspecto.

Pedro levantó las manos y estaba a punto de decir algo cuando Miguelito dijo: "Yo voy contigo, papá."

The boy rose and went to his father, whose arms fell around his son. "We'll fish together again," said the boy.

El muchacho se levantó y se acercó a su padre, cuyos brazos cayeron alrededor de su hijo. "Vamos a pescar juntos de nuevo", dijo el muchacho.

Pedro looked down at his boy as a tear inched down his cheek, then over at his wife who smiled.

Pedro miró a su hijo mientras una lágrima caía por su mejilla, luego a su mujer quien le sonreía.

"Yes," said Rosa softly, "father and son will fish together again."

"Sí", dijo Rosa en voz baja, "padre e hijo se irán a pescar juntos de nuevo."

Grandfather Sanchez rose from his chair near the altar and put on his hat. He smiled at the proud father holding his young son.

El abuelo Sánchez se levantó de su silla cerca del altar y se puso el sombrero. Sonrió ante el orgulloso padre celebrando a su pequeño hijo.

Tonight, all the men were going fishing.

Esta noche, todos los hombres se iban de pesca.

CHAPTER 33

Pushing his head above the surface, Payeto did not notice the darkening sky. His own mind was too troubled to pay attention to the coming storm. He dove and continued his aimless wandering under the water.

He'd escaped. His frantic swim to the light had shot him clear of the deadly net. Terrified, the porpoise had swum as fast and far as he could from the silent monster.

Now he was miles from the fishing boat and its menacing trap. He was also miles away from her.

"I'm so happy to be free, playing in the Vermillion Sea."

He remembered her voice.

Or did he?

Had he really seen another vaquita porpoise, or was his frightened mind filled with fantasies?

Empujando la cabeza por encima de la superficie, Payeto notó el cielo oscuro. Su propia mente estaba demasiado ocupada para prestar atención a la tormenta que se avecinaba. Se zambulló y continuó su vagabundeo sin rumbo bajo el agua.

Se había escapado. Su nado frenético alejándose de la luz lo había salvado de la red mortal. Aterrorizado, la marsopa habían nadado lo más rápido y lejos que pudo del monstruo silencioso.

Ahora estaba a millas de distancia del barco de pesca y de su trampa amenazante, pero también estaba a millas de distancia de aquella vaquita marsopa.

"Estoy tan feliz de estar libre, jugando en el Golfo de California."

Recordó su voz.

O ¿no?

¿Realmente había visto a otra vaquita marina, o fue su mente asustada llena de fantasías?

He didn't know. All Payeto was certain of was that he was alone.

Very, very alone.

Payeto was torn between returning to search for a memory that might not exist and the fear of being trapped again. Confused, the small porpoise swam on silent and unseen.

Rising above the surface only to breathe, Payeto did not see the buildings of the distant town. He did not see the beacon on Lighthouse Point as its bright light swept across the growing waves.

Él no lo sabía. Todo de lo que Payeto sabía era de que estaba solo.

Muy, muy solo.

Payeto se debatía entre regresar a buscar aquella memoria que podría o no existir y el miedo a ser atrapado nuevamente. Confundido, la pequeño vaquita nadó en silencio y sin ser visto.

Sobresaliendo por encima de la superficie sólo para respirar, Payeto no vio los edificios de la ciudad distante. No podía ver la luz brillante en la punta del faro que alumbraba la olas crecientes.

CHAPTER 34

Rosa, with an arm around each of her daughters, watched her men depart. When they reached the corner, Pedro and Miguelito stopped and waved. Then they were gone. Lupita and Maria waved their goodbyes and then Rosa herded them into the house.

Rosa, con un brazo alrededor de cada una de sus hijas, observó a sus hombres salir. Cuando llegaron a la esquina, Pedro y Miguelito se detuvieron, se despidieron y luego continuaron su camino. Lupita y María movieron sus manos al despedirse y luego Rosa las llevó de regreso a casa.

"Time for bed, girls," she said. They vanished into their bedroom.

"Es hora de dormir niñas", dijo. Ellas se fueron a su dormitorio.

Rosa turned and knelt at the altar. Hands clasped together, she looked at the statue of the Virgin Mary, then the picture of Saint Peter. She bowed her head and, prayed, "Holy Father, all the saints who watch over us, guide and protect my men tonight."

Rosa se volteo y se arrodilló ante el altar. Con las manos juntas, miró a la estatua de la Virgen María, y luego a la imagen de San Pedro. Inclinó la cabeza y, oró: "Padre santo, todos los santos que velan por nosotros, guíen y protejan a mis hombres esta noche."

Rosa crossed herself.

Rosa se persignó.

"Bam!"

"Bom!"

The front door flew open and slammed against the wall. Startled, Rosa looked to see a cloud of dust blow through the open doorway. The wind ruffled her dress as she stood and went to the door, peering into the darkness as the breeze tossed her hair, Rosa saw nothing. She closed the door

La puerta principal se abrió golpeándose contra la pared. Sorprendida, Rosa vio una nube de polvo a través de la puerta abierta. El viento agitó su vestido cuando ella se levantó y se dirigió a la puerta. Mirando hacia la oscuridad, la brisa movía su pelo, Rosa no vio nada.

and looked back at the altar.

Cerró la puerta y se volteó hacia el altar.

One of the candles had blown out, a wisp of smoke rose from where the flame had been.

Una de las velas se habían apagado, un fragmento de humo se levantó tan pronto la llama se apagó.

CHAPTER 35

Miguelito spun the wheel quickly and the *Santa Rosa* changed course.

"That's it Miguelito, head straight into the waves," urged Pedro, his hand resting on the boy's shoulder. Father and son stood together in the wheelhouse as Miguelito steered the boat through the treacherous waters off Lighthouse Point.

"You have the touch," said Pedro proudly. He remembered the many times his father, Sanchez, had spent with him in the wheelhouse, teaching him these same things. He missed the old man.

In the corner of the cabin, Grandfather Sanchez smiled as he watched father and son steering the *Santa Rosa*.

Later, after evening had passed into night, the bow of the *Santa Rosa* split a large wave and clouds of luminescent spray flew up on either side. In the dim light of the wheelhouse, Miguelito peered into the darkness, intent on following his papa's instruction.

Miguelito giró el volante rápidamente y el Santa Rosa cambió de rumbo.

"Eso es todo Miguelito, yendo directamente hacia las olas", dijo Pedro con la mano apoyada en el hombro del muchacho. Padre e hijo estaban juntos en la timonera cuando Miguelito dirigió el barco a través de las traicioneras aguas lejos del faro.

"Tú si que tienes el tacto", dijo Pedro con orgullo. Recordó las muchas veces que su padre, Sánchez, había pasado tiempo con él en la timonera, enseñándole estas mismas cosas. Él extrañaba al anciano .

En la esquina de la cabina, el abuelo Sánchez sonreía mientras veía al padre y al hijo dirigir el Santa Rosa.

Más tarde, después de que la tarde se hubiera convertido en noche, la proa del Santa Rosa fue golpeada por una gran ola y montañas de agua luminiscente volaron a ambos lados. En la débil luz de la timonera, Miguelito se asomó en la oscuridad, intentando seguir la instrucción de su padre.

"Keep us pointed into the wind, Miguelito," Pedro had said.

Miguelito looked back at the deck. Pedro was tending the net, watching as the last strands fell into the sea. He looked up and waved to Miguelito. The boy reached out the window and yanked back on the winch lever. He heard a low rumble and the winch began to turn.

The *Santa Rosa* lurched as a wave hit its side and Miguelito turned back to the helm, steering the bow into the waves. This would be their last set, he thought, the first had brought them only one fish, a big grouper, which Pedro, honoring tradition, had thrown back, a tribute to Mother Ocean.

He heard a yell from behind and turned to see Pedro with a huge smile on his face. He was holding a big, shiny fish above his head. At his feet, the net was full of squirming fish.

"Wow!" Miguelito shouted as Zorro, leaving the comfort of his blanketed box, jumped on his shoulder.

"We've got fish!" the boy cried out, patting the monkey, who cheeped in

"Mantengámonos orientados hacia el viento, Miguelito," Pedro había dicho.

Miguelito volvió a mirar la cubierta. Pedro estaba cuidando la red, viendo como las montañas de agua caían al mar. Levantó la vista y saludó a Miguelito. El muchacho se acercó a la ventana y tiró hacia atrás de la palanca de cabrestante. Oyó un ruido sordo y el cabrestante comenzó a girar.

El Santa Rosa se movía mientras una ola lo golpeó en un lado y Miguelito se volteó hacia el timón, dirigiendo la proa en dirección de las olas. Esta será la ultima serie de olas, pensó el muchacho, las primeras sólo les habían traído un pescado, una gran mero, el cual Pedro, en honor a una tradición, lo había puesto de regreso al mar, como un homenaje a la Madre Océano.

Oyó un grito desde atrás y se volteó para ver a Pedro con una enorme sonrisa en su rostro. Tenía en la mano un gran pescado brillante por encima de su cabeza. A sus pies, la red estaba llena de peces que se retorcían.

"Guau" Miguelito gritó cuando Zorro, dejando la comodidad de su caja con mantilla, saltó sobre su hombro.

"¡Tenemos peces!" El niño gritó, palmeando al mono en señal de

approval.

Pedro threw the fish into the hold then began happily gaffing other fish below, as the net continued to drop floundering fish onto the deck.

"Zorro!" exclaimed Miguelito, "We've done it! We're going to bring home a boat full of fish!"

Zorro chirped and clapped his hands in agreement but the celebration stopped short when a wave broke over the bow and Miguelito turned back to steer the boat into the waves. The sea was building as the storm approached.

He heard Pedro shout and looked to see his father smiling, both arms raised above his head, hands clasped in triumph. Miguelito waved back.

Yes! thought Miguelito, finally, a victory. He turned the wheel sharply to steady the *Santa Rosa.* It was more work now, the wind was getting stronger.

The alarm bell sounded, the net was almost all into the boat. He saw Pedro wave an arm in the air as the last of the net slid back to the winch.

aprobación.

Pedro lanzó el pescado a la bodega y luego comenzó felizmente a desenganchar otros peces, mientras la red continuaba botando los pescados en la cubierta.

"¡Zorro!" Exclamó Miguelito, "¡lo hemos hecho! ¡Vamos a traer a casa un bote lleno de peces! "

Zorro emitió un sonido y dio una palmada en señal de acuerdo, pero la celebración se detuvo en seco cuando una ola rompió sobre el arco y Miguelito volvió a dirigir el barco en dirección a las olas. El mar se estaba enfureciendo a medida que la tormenta se avecinaba.

Oyó a Pedro gritar y miró para ver a su padre sonriendo, ambos brazos levantados por encima de la cabeza, las manos unidas en señal de triunfo. Miguelito le devolvió el saludo.

¡Sí! pensó Miguelito, finalmente, una victoria. Giró el volante bruscamente para estabilizar al Santa Rosa. Era más trabajoso ahora, el viento era cada vez más fuerte.

La campana de la alarma sonó, la red estaba casi toda en el barco. El vio a Pedro ondeando un brazo en el aire mientras el último pedazo de red se

Miguelito reached out and pushed the lever and the drum stopped moving.

deslizó de nuevo hasta el cabrestante. Miguelito extendió la mano y empujó la palanca y el tambor dejó de moverse.

The wheelhouse door burst open and Pedro sprang inside, gleefully hugging his son as Zorro chattered on the boy's shoulder.

La puerta de la timonera se abrió de golpe y Pedro saltó dentro. Alegremente abrazó a su hijo mientras Zorro celebraba en el hombro del muchacho.

"Miguelito!" Pedro burst out, "We are blessed! The saints and Mother Ocean have given us a catch that will save us."

"!Miguelito" dijo Pedro: "¡Tenemos suerte! Los santos y la Madre Océano nos han dado una pesca que nos salvará".

Pedro kissed Miguelito on both cheeks. Zorro stuck out his face expectantly.

Pedro besó a Miguelito en ambas mejillas. Zorro miraba con expectación.

"Zorro," laughed Pedro, "You want a kiss too? Why not!" and the happy fisherman planted a big kiss on the monkey's cheek.

"Zorro", se rió Pedro: "¿Quieres un beso también? ¿Por qué no! "Y el pescador feliz plantó un beso en la mejilla del mono.

"Home boys!" cried out a jubilant Pedro, one hand on the wheel and the other on his boy's shoulder as the *Santa Rosa* headed back to safe harbor.

"¡Chicos!" gritó un Pedro jubiloso, con una mano en el volante y la otra en el hombro de su hijo mientras el Santa Rosa se dirigía de nuevo a puerto seguro.

Making the turn round Lighthouse Point, the *Santa Rosa* ran into the wicked cross currents. As the bright beacon flashed eerily through the wheelhouse, revealing three stark faces, a huge wave broke over the stern.

Dando vuelta en dirección al faro, el Santa Rosa se encontró con las malas corrientes. A medida que el faro brillante alumbraba misteriosamente a través del puente del gobierno, una enorme ola rompió sobre la popa.

Looking back, Pedro gasped, "Mother Mary!"

The wave had thrown the hold's hatch open. Another would flood the hold and swamp the boat. A wave exploded over the bow and Pedro struggled to control the *Santa Rosa.*

"Miguelito!" yelled Pedro, "take the helm!"

No response.

Pedro turned to see Miguelito on the deck securing the hatch. The boy smiled and waved at his papa.

Crash!

A wave broke against the wheelhouse and Pedro worked frantically to steady the battered boat.

Thank God, he thought, for my son, Miguelito. Suddenly filled with fear, Pedro reeled round, his frantic eyes searching for Miguelito.

The lighthouse beacon swept across the back of the *Santa Rosa.*

Nothing. Only an empty deck buffeted by tumultuous wind and wild waves.

Mirando hacia atrás, Pedro se quedó sin aliento, "¡Madre María!"

La ola había tirado la escotilla de la bodega abierta. Otra ola más y se hundirían la bodega y el barco. Una ola explotó sobre el arco y Pedro tuvo problemas para controlar al Santa Rosa.

"¡Miguelito!" Gritó Pedro, "¡toma el timón!"

Ninguna respuesta.

Pedro volteó para ver a Miguelito en la cubierta asegurando la escotilla. El niño sonrió y saludó a su papá.

¡Choque!

Una ola rompió contra la timonera y Pedro trabajó frenéticamente para estabilizar el maltratado barco.

Gracias a Dios, pensó, por mi hijo Miguelito. De repente, lleno de miedo, Pedro se tambaleó, con ojos desesperados buscando a Miguelito.

La luz del faro alumbraba a través de la parte posterior del Santa Rosa.

Nada. Sólo una cubierta vacía y azotada por el viento tumultuoso y las olas salvajes.

On a stormy night in an angry ocean, the small fishing boat rocked violently in the cross currents off Lighthouse Point.

En una noche de tormenta, en un océano enojado, el pequeño barco de pesca se sacudió violentamente en medio de las corrientes cruzadas fuera del Faro.

An anguished scream pierced the darkness.

Un grito de angustia atravesó la oscuridad.

"Dios!"

"¡Dios!"

Saved! / ¡Salvado!

CHAPTER 36

The shock of the wave knocking him overboard had taken Miguelito's breath away, and as he came to the surface, arms flailing to stay afloat, he coughed sea water and gasped for breath. Zorro, arms wrapped tightly around the boy's neck, shook as a wave drenched them.

El golpe de la ola lo tiró por la borda. Miguelito tomó aliento y cuando llegó a la superficie, agitó los brazos para mantenerse a flote. Tosió y escupió agua de mar, jadeando en busca de más aire. Zorro, con los brazos envueltos fuertemente alrededor del cuello del niño, se sacudió mientras otra ola los sumió.

The lighthouse beacon swept by and Miguelito saw the stern of the *Santa Rosa*, bobbing in the waves. It was moving away.

La luz del faro alumbró a Miguelito y éste vio la popa del Santa Rosa flotando en las olas. Se estaba alejando.

"Come back!" cried the frantic boy.

"¡Vuelve!", Exclamó el muchacho frenético.

Then he saw his father, lit by the rotating white light, yelling out to the stormy sea.

Entonces vio a su padre, iluminado por la luz blanca giratoria, gritando hacia el mar tormentoso.

"Miguelito!"

"¡Miguelito"

"Papa!"

"¡Papá!"

But the wind silenced the pleading voices and the *Santa Rosa* disappeared.

Pero el viento acalló las voces suplicantes y el Santa Rosa desapareció.

Miguelito was alone.

Miguelito estaba solo.

Struggling to breathe and stay afloat, his mind flashed on Magda's smiling face, on his mom and his sisters, on his Papa, on grandfather.

Luchando para respirar y mantenerse a flote, su mente le trajo el recuerdo del rostro sonriente de Magda, su madre y sus hermanas, de su papá, y del abuelo.

Suddenly, the storm disappeared. All was quiet. A deep peace soothed him. Miguelito didn't feel the nudge against him. He didn't hear the small strange chirp beside his face. His body reacted instinctively and arms clung to the large dorsal fin.

De repente, la tormenta desapareció. Todo estaba tranquilo. Una paz profunda lo tranquilizó. Miguelito no sintió el empujón contra él. No oyó el extraño chirrido al lado de su cara. Su cuerpo reaccionó instintivamente y los brazos se aferraron a una aleta dorsal grande.

An opening appeared in the boiling clouds and a benign moon shone its light on a small boy being carried through storm tossed wave by a determined porpoise. A shivering monkey locked onto the boy's back.

Una abertura apareció entre las nubes y la luna benigna alumbró al niño pequeño que estaba siendo llevado a través de la tormenta por un marsopa determinado. El mono tembloroso iba en la espalda del muchacho.

CHAPTER 37

The soft light of dawn woke the gently swaying palms. The flags, so violently tossed in the past night's storm, now hung limp on their pole. The harbor was calm as the golden glow of sunrise began to warm the day.

La suave luz del amanecer despertó a las tranquilas palmeras. Las banderas, tan violentamente sacudidas en la pasada noche de tormenta, ahora colgando de su poste. El puerto estaba tranquilo mientras el resplandor de oro de la salida del sol comenzaba a calentar el día.

On the dock, a group of men huddled around a solitary seated figure. Pedro, head in hands, was wracked with sorrow.

En el muelle había un grupo de hombres acurrucados en torno a una figura cabizbaja y solitaria. Pedro, con la cabeza en las manos, era sacudido por el dolor.

"My God, my God," the anguished father sobbed, "What have I done?"

"Dios mío, Dios mío," el padre angustiado sollozó, "¿Qué he hecho?"

In vain, others had gone out to search for the lost boy. Now only Viktor remained, and his boat was slipping quietly into its berth. His solemn face told the story.

En vano, los demás habían salido a buscar al niño perdido. Ahora solamente Viktor permanecía en el muelle y su barco se deslizaba silenciosamente en su puesto de atraque. Su rostro solemne contaba la historia.

Pedro looked up at Viktor who shook his head, climbed onto the dock and went to him.

Pedro miró a Viktor menear la cabeza, subirse a la base y acercarse a él.

"I'm so sorry Pedro," said Viktor, hugging his miserable friend.

"Lo siento mucho Pedro", dijo Viktor, abrazando a su miserable amigo.

The group moved closer, tightening the circle that protected a man whose heart was broken.

El grupo se acercó, cerrando el círculo para proteger a un hombre cuyo corazón estaba roto.

CHAPTER 38

In the early morning light, the empty beach showed little sign of the tempest that had blown through. Occasional palm fronds lay haphazardly about and there was more than the usual plastic garbage strewn across the sand. Beyond that, the beach, stretching out to Lighthouse Point, was barren.

A la luz de la mañana, la playa vacía mostraba pocos signos de la tempestad que había caído. Había hojas de palma tiradas y había más bolsas plásticas de basura que lo habitual, esparcidas por la arena. Más allá de eso, la playa, llegando hasta el Faro, era árida.

Except for a lone object lying motionless at the water's edge.

A excepción de un objeto solitario, inmóvil, en la orilla del agua.

It was the body of a boy, face down, feet washed by gentle waves.

Era el cuerpo de un niño, boca abajo, con los pies bañados por las suaves olas.

Something stirred. A small monkey climbed from beneath the boy's matted black hair. Zorro shook the boy's shoulder.

Algo se movió. Un pequeño mono apareció debajo del pelo negro del muchacho. Zorro sacudió el hombro del niño.

The boy did not move.

El muchacho no se movió.

Zorro jumped on Miguelito's back, cheeping loudly.

Zorro saltó sobre la espalda de Miguelito, chillando con fuerza.

Nothing.

Nada.

A shadow passed by and turned.

Una sombra pasó y volvió.

Zorro looked up as a pelican landed

Zorro miró como un pelícano cayó

awkwardly in front of him. Coming closer, Zorro saw the scar of a fish hook on the pelican's pouch.

mal en frente de él. Acercándose, Zorro vio la cicatriz de un anzuelo en la bolsa del pelícano.

Rusty squawked.

Rusty graznó.

In the shallow water nearby, a dorsal fin lifted up and the masked face of a small porpoise appeared. Payeto slapped his tail on the water.

En las aguas cercanas y poco profundas, una aleta dorsal se levantó y la cara enmascarada de un pequeño vaquita marsopa apareció. Payeto golpeó con su cola el agua.

Sitting on a rock above the beach, Grandfather looked on.

Sentado sobre una roca por encima de la playa, el abuelo observaba.

Rusty's surprise! / ¡La sorpresa de Rusty!

CHAPTER 39

Magda pushed the girls ahead and Sonya held Rosa's arm as the little group of women hurried onto the dock. Others had come as news of Miguelito's loss spread through town. In the center of a sorrowful group, Pedro was beside himself with grief. Father Reynaldo and Viktor sat on either side, trying to console him.

Magda empujó a las niñas adelante y Sonya tomó el brazo de Rosa al tiempo que el pequeño grupo de mujeres se apresuraba hacia el muelle. Otras habían llegado cuando la noticia de la pérdida de Miguelito se propagó por el pueblo. En el centro de un triste grupo, Pedro estaba fuera de sí por la pena. Padre Reynaldo y Viktor se sentaron a ambos lados, tratando de consolarlo.

Rosa broke through the crowd and rushed to hug her husband.

Rosa se abrió paso entre la multitud y corrió a abrazar a su marido.

"Pedro! Pedro!" she cried wrapping her arms around him.

"¡Pedro! ¡Pedro!", Exclamó poniendo sus brazos alrededor de él.

He looked up, tears streaming down his face, "What have I done, Rosa?"

Miró hacia arriba, las lágrimas corrían por su rostro, "¿Qué he hecho, Rosa?"

No one had seen the pelican land atop a nearby piling, but all turned in surprise and looked up when Rusty suddenly squawked.

Nadie había visto al pelícano aterrizar encima de un pilote cercano, y todos se sobresaltaron cuando Rusty chilló repentinamente.

The crowd stared in amazement as the pelican opened its large bill and out sprung Zorro from its pouch.

La multitud se quedó mirando con asombro mientras el pelícano abría su pico grande y sacaba a Zorro de su bolsa.

Cheeping loudly, the monkey hopped

Chilló fuertemente y el mono saltó

first onto Viktor's head and then down to the dock. All watched in disbelief as Zorro jumped up and down waving his arms wildly, then ran screeching towards the beach.

primero sobre la cabeza de Viktor y luego al muelle. Todos observaban con incredulidad, mientras Zorro saltaba arriba y abajo, agitando los brazos frenéticamente. A continuación el mono corrió chillando hacia la playa.

Pedro, eyes wide, jumped up, grabbed Rosa, and chased after the frantic monkey.

Pedro, con los ojos muy abiertos, se levantó, agarró Rosa y persiguió al mono frenético.

A body on the beach / Un cuerpo en la playa

CHAPTER 40

Grandfather Sanchez looked down at the small body lying still in the morning sun. He smiled as he saw the small monkey charging towards the boy, followed by a crowd of excited people.

El abuelo Sánchez bajó la mirada hacia el pequeño cuerpo que yacía todavía en el sol de la mañana. Sonrió al ver el pequeño mono corriendo hacia el muchacho, seguido por una multitud de gente entusiasmada.

Pedro collapsed to his knees and pulled Miguelito to him. Rosa knelt alongside and gently stroked her son's hair. Gasping for breath, old Dr. Garcia pushed through the circle of worried onlookers.

Pedro cayó de rodillas y tomó a Miguelito. Rosa se arrodilló a su lado y acarició suavemente el cabello de su hijo. Sin aliento, el Dr. García se abrió paso entre el círculo de curiosos preocupados.

The doctor put his head to the boy's chest and held the limp wrist. Everyone hushed.

El médico puso su cabeza en el pecho del niño y tomó la muñeca inerte. Todo el mundo hizo silencio.

After a moment, Doctor Garcia looked up and smiled.

Después de un momento, el doctor García miró y sonrió.

The people cheered. It was a miracle.

Las personas vitorearon. Era un milagro.

They didn't see the little monkey wade into the water and wave at the masked porpoise and the pelican floating nearby. Rusty squawked, then flapped his wings and slowly took off. Payeto slapped his tail on the water and sped away.

No vieron al pequeño mono vadear en el agua y saludar al vaquita enmascarado y al pelícano flotando cerca. Rusty emitió un chasnido, entonces batió sus alas y poco a poco se alejó volando. Payeto golpeó su cola en el agua y se también alejó.

No one heard the strange melody that hung over the happy faces. And no one saw Grandfather, smiling on his stone seat, raising his arms to Heaven and silently saying,

"Gracias Dios."

Nadie oyó la extraña melodía que se cernía sobre las caras felices. Y nadie vio al abuelo, sonriendo en su asiento de piedra, levantando los brazos al cielo y en silencio diciendo:

"Gracias Dios".

CHAPTER 41

Miguelito's eyes opened slowly, then squinted at the bright light coming through the window. In front of him he saw blurry forms. He rubbed his eyes and, looking again, recognized many anxious faces.

Los ojos de Miguelito se abrieron lentamente y luego miraron la brillante luz que entraba por la ventana. Delante de él vio formas borrosas. Se frotó los ojos y, al mirar de nuevo, reconoció muchos rostros ansiosos.

Rosa bent over and kissed his forehead, "Blessed Mother, you are back with us, Miguelito."

Rosa se inclinó y besó su frente, "Santísima Madre, estás de vuelta con nosotros, Miguelito."

He saw tears running down her cheeks.

Vio las lágrimas corriendo por sus mejillas.

He felt another kiss on his face and turned to see his father beside him.

Sintió otro beso en la cara y se volteo para ver a su padre a su lado.

"My precious son," said Pedro quietly.

"Mi hijo precioso", dijo Pedro en voz baja.

"Miguelito! Miguelito!" yelled Lupita and Maria as they jumped on the bed and hugged their brother.

"¡Miguelito! ¡Miguelito! "Gritaron Lupita y María mientras saltaban en la cama y abrazaban a su hermano.

Miguelito groaned as the rest of the room laughed.

Miguelito gimió mientras el resto de la sala se rió.

He felt light and happy. His mind flashed on the stormy night, struggling in the water, the sudden sense of peace, and then he remembered,

Se sentía ligero y feliz. Su mente trajo recuerdos de la noche de tormenta, luchando en el agua, la repentina sensación de paz, y entonces recordó,

"The porpoise!" he blurted out, rising up in bed.

"The little porpoise saved me!"

"¡La marsopa!" dijo, levantándose de la cama.

"La pequeña marsopa me salvó!"

CHAPTER 42

The people stood and cheered as Father Reynaldo entered and walked towards the front of the church. High in the pulpit above the altar, the priest saw Sanchez clapping. Father Reynaldo turned and faced his joyful flock.

La gente se puso de pie y aplaudió cuando el Padre Reynaldo entró y caminó hacia el frente de la iglesia. Arriba en el púlpito sobre el altar, el sacerdote vio a Sánchez aplaudir. Padre Reynaldo se volteó y le dio la cara a su alegre multitud.

The church went quiet as the priest bowed his head in prayer, "Thank you God and all the saints for bringing this community together, for the miracle of life around us, and for the love that unites us. Amen."

La iglesia se quedó en silencio mientras el sacerdote inclinó la cabeza en forma de oración: "Gracias a Dios y a todos los santos por traerme a esta comunidad, por el milagro de la vida que nos rodea y por el amor que nos une. Amén."

"Amen!" answered the people.

"¡Amén!", Respondió el pueblo.

Father Reynaldo continued, "My friends, it is with great gratitude that the house of God welcomes you tonight."

El padre Reynaldo continuó: "Mis amigos, es con gran gratitud que la casa de Dios les da la bienvenida esta noche."

He paused and looked around at all the smiling faces, "And now the report you've been waiting for from your new San Pedro Fishing Cooperative Committee."

Hizo una pausa y miró a su alrededor, a todos los rostros sonrientes, "Y ahora el informe que ustedes han estado esperando del nuevo Comité de pesca de la Cooperativa San Pedro."

The people leaped up and cheered as Pedro, with Miguelito and Rosa on either side, stood to address the

Las personas saltaron y aplaudieron cuando Pedro, con Miguelito y Rosa a su lado, se pusieron de pie para

boisterous throng. Sitting beside them were Rodrigo, Sonya, Viktor, and Alex. Zorro watched from Miguelito's shoulder.

The people quieted and sat as Pedro began, "My friends, fellow fishermen, all of you who love our town of San Pedro."

He paused and looked at his wife and son, "First, I must apologize. Like you, I've known for years that our world was changing, but I was stubborn and small minded. I thought that somehow we could keep doing what we've done and things would be fine." Pedro stopped and looked around at the familiar faces.

He continued, "I was wrong. It took a painful, almost tragic lesson for me to realize my mistake. I now know we must work together, all the fishermen, all the women, the entire town, and even the children, to build a new San Pedro."

Pedro hugged his wife and son and smiled at the people, "Together we will create a new cooperative community with a sustainable fishery that balances what we take from Nature with what Nature can give us.

hacer frente al bullicioso grupo expectante. Sentado al lado de ellos estaban Rodrigo, Sonya, Viktor y Alex. Zorro observaba desde el hombro de Miguelito.

La gente se tranquilizó y se sentó cuando Pedro comenzó, "Amigos míos, compañeros de pesca, todos los que aman a nuestro pueblo de San Pedro."

Hizo una pausa y miró a su esposa e hijo, "En primer lugar, debo pedir disculpas. Al igual que ustedes, he sabido que desde hace años nuestro mundo estaba cambiando, pero yo era terco y de mente pequeña. Pensé que de alguna manera podríamos seguir haciendo lo que hemos hecho y las cosas estarían bien." Pedro se detuvo y miró a las caras conocidas.

Y continuó: "Me equivoqué. Me tomó una casi trágica y dolorosa lección darme cuenta de mi error. Ahora sé que debemos trabajar juntos, todos los pescadores, todas las mujeres, todo el pueblo, e incluso los niños, para construir un nuevo San Pedro".

Pedro abrazó a su esposa y a su hijo y le sonrió a la gente, "Juntos vamos a crear una nueva comunidad de cooperación, basada en una pesca sostenible que equilibre lo que tomamos de la naturaleza y lo que la naturaleza nos puede dar.

The audience applauded enthusiastically.

Pedro raised an arm in acknowledgment. "Your fishing cooperative committee has a plan to start us forward, and I'd like to let them tell you about it. But first, our friend, and I mean this, Rodrigo."

The people laughed as Rodrigo stood, a big smile on his face. He waved his hat, "Your committee has done such a fine job with its proposal for saving the local fishery that I've been able to convince the fisheries agency to change their plan. Instead of buying out local fisherman, the government will use the money to support the San Pedro Fisheries Cooperative program."

Another loud cheer from the crowd.

Then the audience settled down to listen to Viktor, Sonya, and Alex explain the committee's plan. Most people had seen the fliers passed around town the day before, outlining the program's ideas. Lopez had helped develop a Catch Share program where a quota for a sustainable yearly fish harvest was set and fishermen were given a license to harvest their share of the quota. Some of the current licenses would be bought out to

El público aplaudió con entusiasmo.

Pedro levantó un brazo en reconocimiento. El comité de la cooperativa pesquera tiene un plan para sacarnos adelante, y me gustaría explicárselos, pero en primer lugar, quiero dar la palabra a nuestro querido amigo Rodrigo.

La gente sonrió mientras Rodrigo se ponía de pie, con una gran sonrisa en su rostro. Agitó su sombrero, "Su comité ha hecho un buen trabajo con su propuesta de proporción en la pesca local, y he sido capaz de convencer a la Agencia Pesquera de cambiar su plan. En lugar de comprarles a los pescadores locales, el gobierno usará el dinero para apoyar al programa de la cooperativa pesquera de San Pedro".

Otra ovación de la multitud.

Entonces el público se acomodó para escuchar a Viktor, Sonya, y a Alex explicar el plan del comité. La mayoría de la gente había visto los volantes que pasaron por la ciudad el día anterior, destacando las ideas del programa. López había ayudado a desarrollar un programa de cuotas de captura, donde se establecía una cuota sostenible para una pesca anual y a los pescadores se les daba una licencia para tomar una parte de la cuota.

balance the amount of fish caught with what the fishery could replenish each year. The government would also help fishermen buy new nets that would not endanger threatened species such as the vaquita porpoise.

Algunas de las licencias actuales serían compradas para equilibrar la cantidad de peces capturados, con lo que la pesca podría reponerse cada año. El gobierno también podría ayudar a los pescadores a compran nuevas redes que no pondrían en peligro las especies amenazadas, como la vaquita marina.

Alex explained the new aquaculture program, a shrimp farm that would add a stable harvest to the community's fishery. Finally, Sonya eagerly explained the beginnings of a new eco-tourist program and how they would reshape San Pedro into a place visitors could enjoy year round.

Alex explicó el nuevo programa de la acuicultura, una granja de camarones que añadiría una cosecha estable a la pesca de la comunidad. Por último, Sonya explicó con entusiasmo el inicio de un nuevo programa de eco-turismo y cómo remodelarían San Pedro para convertirlo en un lugar donde los visitantes podrían disfrutar durante todo el año.

Miguelito saw Carlos, standing alone and off to the side, arms folded and frowning. Then Carlos looked at him, smirked, and left the church.

Miguelito vio a Carlos, de pie, solo y a un lado, con los brazos cruzados y el ceño fruncido. Entonces Carlos lo miró, le sonrió y salió de la iglesia.

Miguelito was saddened by Carlos' departure, but looking out at the happy faces and feeling the strong arm of his father around him, the boy felt a peaceful glow fill the church.

Miguelito se entristeció por la partida de Carlos, pero mirando las caras felices y sintiendo el fuerte brazo de su padre alrededor, el muchacho sintió como un pacífico resplandor llenaba la iglesia.

Viktor concluded, "And that, my friends is the outline of our plan. There is much work to do in the days ahead and all of you will be asked to

Viktor concluyó: "Y eso, mis amigos es el contorno de nuestro plan. Hay mucho trabajo por hacer en los próximos días y a todos se le pedirá su help. Together, I believe we will build a better world for all of us, all people and all creatures."

The people stood and cheered, then laughed as Zorro jumped upon Viktor's shoulder, beating his little chest, cheeping loudly, and flashing his toothy grin.

Far above the town of San Pedro, a peaceful moon shone its soft light on the little church.

"Amen!" came a joyous chorus from within, and the doors burst open with a rush of animated people. Talking excitedly, they walked home in the town they loved, hearts woven together by a dream for a better life.

ayuda. En conjunto, creo que vamos a construir un mundo mejor para todos nosotros, toda la gente y todas las criaturas".

La gente se puso de pie y aplaudió, luego se rieron cuando Zorro saltó sobre el hombro de Viktor, golpeando su pequeño pecho y chillando en voz alta, mostrando a la multitud su amplia sonrisa.

Muy por encima de la ciudad de San Pedro, una luna pacífica alumbraba con su tenue luz la pequeña iglesia.

"¡Amén!", se escuchó un coro alegre desde adentro, y las puertas se abrieron de golpe para dejar salir a una avalancha de gente animada. Las personas hablaban con entusiasmo y caminaban rumbo a casa por el pueblo que amaban, con los corazones entrelazados por el sueño de una vida mejor.

CHAPTER 43

The screen was black with lines of glowing green moving across it. In the dark room, a silent face stared intently at the computer. Tommy typed several commands on the keyboard and the camera on the far away drone zoomed in.

The object on the screen grew bigger and bigger.

Tommy laughed softly. "Gotcha!" he said out loud.

On the screen he could clearly see the outline of a fishing boat, and with a few more keystrokes, the stern was plainly visible.

"*Conquistador.*"

Tommy picked up his cell phone and dialed. A voice answered.

"Guess what I see?" said Tommy, barely containing his excitement.

Early in the morning, as the driver of the small van watched Carlos jump onto the dock and walk over to hand him the cooler with its illegal cargo, there was a blast of sirens and flashing

La pantalla era negra con líneas verdes brillantes moviéndose a través de ella. En el cuarto oscuro, un rostro en silencio miró fijamente a la computadora. Tommy escribió varios comandos en el teclado y la cámara del drone se acercó.

El objeto de la pantalla se hacía más y más grande.

Tommy se rió en voz baja. "¡Lo tengo!", Dijo en voz alta.

En la pantalla se podía ver claramente la silueta de un barco de pesca, y con más pulsaciones en el teclado, la popa era claramente visible.

"El Conquistador".

Tommy cogió su móvil y marcó. Una voz respondió.

"¿Adivina que veo?", Dijo Tommy, apenas conteniendo su emoción.

Temprano en la mañana, cuando el conductor de la furgoneta vio a Carlos saltar al muelle y caminar hacia él para entregarle la hielera con su carga ilegal, hubo una explosión de sirenas

lights as a swarm of federal police vehicles sped onto the dock and surrounded the poachers.

y luces intermitentes a la vez que un enjambre de vehículos de la policía federal llegaron a toda velocidad y rodearon a los cazadores furtivos.

Rodrigo and Tommy got out of the last police car and watched as Carlos and crew were arrested.

Rodrigo y Tommy salieron del ultimo carro de policía y vieron como Carlos y la tripulación eran detenidos.

Rodrigo put his arm around Tommy and said, "Score one for the good guys."

Rodrigo puso su brazo alrededor de Tommy y dijo: "Un punto para los buenos."

Tommy looked at the surprised and angry Carlos scowling at them. "Yes, one for good guys and good causes," he said, then added with a smile, "and for gotcha gadgets."

Tommy miró a Carlos sorprendido y enojado a la vez, con el ceño fruncido. "Sí, uno más para los chicos buenos y las buenas causas", dijo, y añadió con una sonrisa, "y para nuestro equipo."

CHAPTER 44

Welcome to your San Pedro Fishing Cooperative", announced the large banner flapping gently over the entrance to the dock.

"Bienvenido a su Cooperativa de pesca de San Pedro", anunciaba una gran pancarta batiéndose suavemente sobre la entrada del muelle.

From the shade of the large tree nearby, Saint Peter watched the excited crowd of people buzzing about in the bright noonday sun. At his stone feet, flowers and offerings covered the gold blanketed platform.

Desde la sombra de un gran árbol cercano, San Pedro observaba a la multitud de gente emocionada caminar en el sol brillante del mediodía. En sus pies de piedra, las flores y las ofrendas cubrían la plataforma dorada.

On a crate near Saint Peter, Zorro investigated a new food, rice and raw fish rolled in seaweed. It wasn't his favorite fish tacos, but the monkey jabbed the roll into the green sauce and pushed the whole thing into his mouth.

En un cajón cerca de San Pedro, Zorro investigaba un nuevo alimento, arroz y pescado crudo envuelto en algas marinas. No eran sus tacos de pescado favoritos, pero el mono metió el rollo en la salsa verde y lo puso entero en su boca.

"Eyi!" cried Zorro, as his mouth exploded.

"Eyi!" Gritó Zorro, mientras su boca explotó.

Sitting beside the surprised monkey, Miguelito and Magda laughed.

Sentados junto al mono sorprendido, Miguelito y Magda se rieron.

"That green sauce is wasabi, Zorro, not guacamole," said Magda, "very hot stuff."

"Esa salsa verde es wasabi, Zorro, no guacamole", dijo Magda, "algo muy picante."

Zorro did not hear her last words as

Zorro no escuchó las últimas palabras

he'd already plunged his head into a barrel of water.

pues él ya había hundido su cabeza en un cañón de agua.

"I don't think Zorro likes sushi," said Miguelito, himself enjoying the delicacy from the town's new seafood restaurant, created by a group of women to support the tourist trade. He looked out at the line of people waiting to board the town's new tour boat, the *Ocean Explorer.*

"No creo que a Zorro le guste el sushi", dijo Miguelito, disfrutando de la delicadeza del nuevo restaurante de mariscos del pueblo, creado por un grupo de mujeres para apoyar a la industria del turismo. Él miró la cola de gente esperando para embarcar en el nuevo barco de turismo del pueblo, el Explorador del Océano.

Miguelito smiled thinking that the once scorned *Conquistador* was now the pride of the fleet.

Miguelito sonrió pensando que el que fue una vez "el despreciado Conquistador" ahora era el orgullo de la flota.

Besides the many people enjoying the delights of the seafood restaurant, Miguelito saw folks talking with Alex at his table promoting the cooperative shrimp farm. Next to Alex was a Catch Share booth and Viktor, with his big missing tooth smile, was telling others how this program would guarantee the future of the fishery.

Además de las muchas personas que disfrutan de las delicias del restaurante de mariscos, Miguelito vio gente hablando con Alex en su mesa de promoción de la granja cooperativa de camarón. Junto a Alex había una cabina y Viktor, con su gran sonrisa sin un diente, estaba diciéndole a los demás cómo este programa podría garantizar el futuro de la pesca.

Miguelito noticed two large posters in Viktor's booth. One said "Protect the Totoaba", and showed a picture of the large fish. The other poster showed a masked porpoise and said "Save the Vaquita!"

Miguelito notó dos grandes carteles en la cabina de Viktor. Uno de ellos decía "Protejamos los Totoaba", y mostró una foto del gran pez. En el otro cartel se mostraba una marsopa enmascarada y decía "Salvemos a la vaquita!"

Yes, thought Miguelito, he would do all he could to save the porpoise friend who had saved him and the many other special creatures in the sea that supported his community.

"Our mothers seem very happy," said Magda, looking over at a nearby building with a new sign above its entry.

"Hotel Los Amigos, Hotel of Friends, Welcome to San Pedro."

"Yes, they are," said Miguelito, as the two watched Sonya and Rosa talking with a group of tourists.

"They're proud to be part of something that is building a better place for their children, for all of us," he said, remembering how excited Rosa and Sonya were when they shared that the Cooperative would buy the unused building and restore it as a tourist hotel.

Magda and Miguelito stood and walked onto the dock. Father Reynaldo joined them.

"Quite a gathering, my young friends," said the smiling priest, surrounded by a sea of happy faces.

"Yes," said Magda, putting her arm around Miguelito's. "It certainly is. A

Sí, pensó Miguelito, quien iba a hacer todo lo posible para salvar al amigo marsopa quien lo había salvado a él, y a las muchas otras criaturas especiales en el mar que apoyan a su comunidad.

"Nuestras madres parecen estar muy felices", dijo Magda, mirando un edificio cercano con un nuevo cartel sobre su entrada.

"Hotel Los Amigos, Hotel the friends, Bienvenidos a San Pedro."

"Sí, lo están", dijo Miguelito, ya que las dos observaban a Sonya y Rosa hablando con un grupo de turistas.

"Están orgullosas de ser parte de algo que está construyendo un lugar mejor para sus hijos, para todos nosotros", dijo, recordando lo emocionadas que Rosa y Sonya estaban cuando supieron que la Cooperativa compraría el edificio no utilizado y lo restaurarían como un hotel para el turismo.

Magda y Miguelito se levantaron y caminaron hacia el muelle. Padre Reynaldo se unió a ellos.

"Una buena concurrencia, mis jóvenes amigos", dijo el sacerdote sonriente, rodeado por un mar de caras felices.

"Sí", dijo Magda poniendo su brazo alrededor de Miguelito. "Sin duda

new life for a great town."

lo es. Una nueva vida para un gran pueblo".

Squawk!

¡Un graznido se oyó!

They looked over at the stern of the *Santa Rosa*. Above, on a piling, stood Rusty, looking down in anticipation as Zorro took a fish from a bucket and tried to throw it up to the hungry bird. Once, twice, Zorro hoisted the fish and tried to launch it skyward, but the fish was more than the monkey could handle.

Ellos miraron a la popa de la Santa Rosa. Arriba, en una viruta, estaba Oxidado, mirando hacia abajo mientras Zorro tomaba un pez de una cubeta y trataba de lanzárselo al pájaro hambriento. Una vez, dos veces, Zorro izó el pescado y trató de lanzarlo hacia el cielo, pero el pez era muy ágil.

Rusty squawked again.

Rusty graznó de nuevo.

"Need some help Zorro?" said Pepé grinning. He took the fish and tossed it up to Rusty who swallowed it instantly.

"¿Necesitas ayuda Zorro?", Dijo Pepé sonriendo. Tomó el pescado y se lo arrojó a Rusty quien se lo tragó al instante.

Zorro waved his arms in triumph as everyone laughed.

Zorro agitó los brazos en señal de triunfo y todo el mundo se echó a reír.

Miguelito looked around. He heard that strange melody again, floating over the reborn town.

Miguelito miró a su alrededor. Oyó esa extraña melodía de nuevo, flotando sobre el pueblo renaciente.

Saint Peter stared out at his happy flock and, although none noticed, a small smile crept onto the statue's face.

San Pedro se quedó mirando a su feliz rebaño, y aunque ninguno se dio cuenta, una pequeña sonrisa apareció en el rostro de la estatua.

Beside him, sitting lazily in the shade, Grandfather smiled, leaned back against the old tree, and pulled his hat

A su lado, sentado perezoso en la sombra, el abuelo sonrió, se inclinó hacia atrás contra el viejo árbol, y jaló

over his face.

Even ghosts need naps.

The End…and …

su sombrero sobre su rostro.

Incluso los fantasmas necesitan un siesta.

Fin ... y ...

New harmony in the Refuge / Nueva armonía en el refugio

A NEW BEGINNING

On a beautiful afternoon, the *Ocean Explorer* knifed through the turquoise waters of the Gulf of California, following the shoreline north. Up in the wheelhouse, Pedro smiled. He was happy. While not fishing, he was on the ocean he loved, sharing its wonders with others.

Rounding a point, Pedro saw the floats of San Pedro's new shrimp farm. He reached up and pulled the horn. The men working on the floats looked up and waved. Pedro stepped out of the cabin and waved back. He turned to look at the deck below.

Tourists were lined up, binoculars peeping and cameras snapping. Behind them, Magda and Miguelito stood smiling in their new eco guide uniforms.

A cry came out from the other side of the boat and all eyes turned to see a pod of gray whales surfacing. There were gasps of excitement as two calves were spotted swimming among the majestic creatures.

UN NUEVO COMIENZO

En una hermosa tarde, El Explorador del Océano partió por las aguas turquesas del Golfo de California, siguiendo hacia la costa del Norte. Arriba, en la timonera, Pedro sonrió. Él estaba feliz. Si bien no estaba en la pesca, él estaba en el océano que amaba, compartiendo sus maravillas con los demás.

Llegando a un cierto punto, Pedro vio las reservas de la nueva granja de camarón de San Pedro. Alzó la mano y jaló la bocina. Los hombres que trabajan en las reservas lo miraron y saludaron. Pedro salió de la cabina y les devolvió el saludo. Se volteó para mirar a la cubierta inferior.

Los turistas estaban alineados, los binoculares listos y las cámaras tomando fotos. Detrás de ellos, Magda y Miguelito se quedaron sonriendo en sus nuevos uniformes de guías eco turistas.

Un grito salió del otro lado de la embarcación y todos los ojos se voltearon para ver a un grupo de ballenas grises en la superficie. Hubo exclamaciones de entusiasmo cuando dos crías fueron vistas nadando entre las majestuosas criaturas.

Magda explained that the whales came here each year to have their calves, that the Gulf of California was a special breeding place for many fish, birds, and other sea creatures.

Magda explicó que las ballenas llegaban aquí cada año para tener a sus crías, que el Golfo de California era un lugar de cría especial para muchos peces, aves y otras criaturas marinas.

The *Ocean Explorer* slowed as the boat approached a small island crowded with nesting seabirds. They past a large sign that read, "National Wildlife Refuge. Please respect and do not disturb the creatures and their habitat".

El Explorador del Océano desaceleró mientras el barco se acercaba a una pequeña isla llena de aves marinas que anidaban. Ellos pasaron junto a un gran cartel que decía: "Refugio de la Vida Silvestre. Por favor, respete y no moleste a las criaturas y su hábitat".

There were more gasps from the tourists as the glass bottomed boat moved quietly over the reef, revealing clouds of bright colored fish and strange shaped corals.

Hubo más gritos de asombro por parte de los turistas cuando el fondo de vidrio del barco se movió en silencio sobre el arrecife, revelando nubes de peces de colores brillantes y extraños corales formados.

"Look! It's a lobster!" said a man excitedly.

"¡Mira! ¡Es una langosta!", Dijo un hombre con entusiasmo.

"What's that?" asked a woman as a large fish stared up at the visitors.

"¿Qué es eso?", Preguntó una mujer mientras un gran pez se quedó mirando a los visitantes.

"That's a grouper," said Miguelito.

"Eso es un mero", dijo Miguelito.

"Whoa! That's a shark!" exclaimed a young boy as the menacing, many toothed predator slid by below them.

"¡Guau! Eso es un tiburón! "Exclamó un joven mientras el amenazante depredador con muchos dientes se deslizaba por debajo de ellos.

Miguelito and Magda smiled at each other. This was the part they liked

Miguelito y Magda sonrieron el uno al otro. Esta era la parte que más les

most, sharing the beauty and magic of the ocean world that was their home.

"Look at that!" cried out a small girl, staring down at a sea turtle that filled the viewing window as it swam slowly by.

"What's happening over there?" asked an older man wearing sunglasses under a cowboy hat.

Miguelito looked out to see a flock of sea gulls screeching and diving into water erupting with hundreds of tiny splashes.

He replied, "The gulls have found a school of sardines. It's lunchtime."

As he spoke, a formation of pelicans swooped by and plunged straight down into the middle of the feeding frenzy.

"Wow! Would y'all look at that," exclaimed the cowboy hat, camera snapping rapidly.

Then, to the stunned amazement of all, a giant manta ray launched itself out of the water alongside the boat, twisting in midair and slamming back into the sea, splashing the gaping sightseers.

gustaba, compartiendo la belleza y la magia del océano, de lo que era su casa.

"¡Mira eso!" Gritó una niña pequeña, mirando hacia abajo como una tortuga de mar llenaba todo el espacio de la ventana de visualización, ya que nadaba lentamente.

"¿Qué está pasando allí?", Preguntó un hombre mayor con gafas de sol bajo un sombrero vaquero.

Miguelito se asomó para ver una bandada de gaviotas chillando y buceando en el agua, sacando cientos de diminutas salpicaduras .

Él respondió: "Las gaviotas han encontrado un banco de sardinas. Es hora del almuerzo."

Mientras hablaba, una formación de pelícanos se abalanzó y se lanzó hacia abajo en medio del frenesí de alimentación.

"¡Guau! miren eso", exclamó el del sombrero vaquero con la cámara, tomando fotografías rápidamente.

Luego, ante el asombro de todos, una manta raya gigante se lanzó fuera del agua junto al barco, girando en el aire y golpeando de nuevo al mar, salpicando a los turistas boquiabiertos.

A nearby woman, laughing as she wiped water from her face, asked, "Was that a manta ray?"

"It certainly was," said Magda.

All eyes looked out expectantly, wanting more.

"There!" shouted a voice from the stern, and this time not one, but two, giant rays flew into the air, hovered against the blue sky, and then crashed back into the ocean.

"Look!" yelled a boy with a baseball cap, pointing to the side of the boat.

All eyes turned to see two dorsal fins moving so fast through the water that rooster tails shot up behind them. Then two small porpoises leapt out of the water, showing their black masked faces before disappearing beneath the waves.

"What are those?"

"Porpoises," said Miguelito, "Vaquita porpoises. This is their home, the only place in the world where you can find them. This is a very special day," he said to the group looking at him, "it is rare to see the vaquita. There are perhaps only fifty of them left, but with your help, we will save them."

Una mujer cerca, riendo mientras se limpiaba el agua de la cara, preguntó: "¿Era una manta raya?"

"Sin duda alguna", dijo Magda.

Todos los ojos miraban expectantes, con ganas de ver más.

"!Allí!" gritó una voz desde la popa, y esta vez no uno, sino dos rayas gigantes volaron por los aires, sobre el cielo azul, y luego se estrellaron contra el océano.

"¡Mira!", Gritó un muchacho con una gorra de béisbol, apuntando hacia el lado de la embarcación.

Todos los ojos se voltearon a ver dos aletas dorsales moviéndose rápidamente a través del agua al tiempo que dos pequeñas marsopas saltaban mostrando sus rostros enmascarados antes de desaparecer bajo las olas.

"¿Qué son esos?"

"Marsopas", dijo Miguelito , "vaquitas marsopas. Esta es su casa, el único lugar en el mundo donde se pueden encontrar. Este es un día muy especial", él le dijo al grupo que lo miraba," es raro ver a las vaquita. Sólo quedan tal vez cincuenta de ellas, pero con su ayuda, vamos a salvarlas. "

"Look, they're back!" said the boy, pointing to the front of the boat.

"Mira, han regresado!" dijo el muchacho, señalando la parte delantera del barco.

All turned to watch the two vaquita swim alongside.

Todos se voltearon para ver a los dos vaquita nadando juntos.

Payeto and his new partner, Pansi, raised their heads above the water, slapped their tails, then swam away.

Payeto y su nueva pareja, Pansi, levantaron la cabeza por encima del agua, golpearon sus colas y continuaron su camino.

Miguelito and Magda looked after the porpoises, and then at each other.

Miguelito y Magda miraron a las marsopas, y luego se miraron el uno al otro.

It was a new beginning.

Era un nuevo comienzo.

A beginning they believed in.

Un comienzo en el que creían.

Life begins again / La vida comienza de nuevo

CELEBRATION!

Lupita and Maria studied the beach with the night binoculars. The only sound was the quiet lap of small waves sliding softly up the shore. The others huddled around them, looking out from the shelter to the empty beach beyond.

Miguelito smiled, he was excited for his family to share this miracle. Rodrigo had called as they finished dinner and soon they'd followed Rodrigo's truck out of town.

Now, they were all here, Rodrigo, Magda, and Sonya, the old rancher Perez, and Miguelito's family. All waiting for a miracle.

"What are we supposed to see?" Lupita asked.

"Patience, little ones," said Perez softly, "it will happen soon enough."

The moon crept above the quiet ocean, flooding the beach in pale light. "There," whispered Perez, pointing to a place twenty yards away high up on the beach.

¡CELEBRACIÓN!

Lupita y María miraron la playa con los prismáticos de visión nocturna. El único sonido era el regazo tranquilo de las olas pequeñas rodando suavemente hasta la orilla. Los otros se apiñaron a su alrededor, mirando desde el refugio hasta el más allá de la playa vacía.

Miguelito sonrió, estaba emocionado porque su familia estaba compartiendo este milagro. Rodrigo había llamado al terminar la cena y pronto seguirían la camioneta de Rodrigo fuera de la ciudad.

Ahora, todos estaban aquí, Rodrigo, Magda, Sonya, el viejo ranchero Pérez y la familia de Miguelito. Todos a la espera de un milagro.

"¿Qué se supone que debemos ver?", Preguntó Lupita.

"Paciencia, pequeños", dijo Pérez en voz baja, "sucederá pronto."

La luna se arrastró sobre el océano tranquilo, inundando la playa de luz pálida.
"Allí está," susurró Pérez señalando un lugar a veinte yardas de distancia en lo alto de la playa.

Lupita swung her binoculars over to the spot and stared intently.

Lupita balanceó sus binoculares hacia el lugar y se quedó mirando fijamente.

"Something's moving," she said, then, "Something's coming out of the sand."

"Algo se está moviendo", dijo, entonces, "Algo está saliendo de la arena."

Maria turned her binoculars to view the same spot.

María movió sus binoculares para ver hacia el mismo lugar.

They watched as first one and then another tiny leg reached up out of the sand. Then a tiny head appeared, and in a moment, shaking sand from it's little shell, a little turtle emerged onto the beach.

Todos vieron como primero una y luego otra pequeña pata salieron de la arena. Entonces apareció una diminuta cabecita, y un momento después, sacudiendo la arena de su concha, emergió la pequeña tortuguita.

"Baby turtles!" squealed the two girls.

"Tortugas bebés!" Gritaron las dos chicas.

All watched in fascination as more and more baby turtles emerged from their hidden nests and began to plop awkwardly towards the water.

Todos observaron con fascinación como más y más crías salían de sus nidos ocultos y comenzaban a caminar torpemente hacia el agua.

Several other nests stirred and more little bodies appeared, pausing only momentarily in the moonlight before beginning their journey to the sea.

Varios otros nidos se agitaron y más cuerpecitos pequeños aparecieron, deteniéndose sólo momentáneamente bajo la luna antes de comenzar su viaje hacia el mar.

The happy human hearts suddenly felt the Oneness of all life.

Los felices corazones humanos de pronto sintieron la Unidad de toda la vida.

"Hooray!"

"¡Hurra!"

"Go babies go!"

"Whoopee!"

It was a time for celebration!

"Vamos bebés, vamos!"

"¡Qué bien!"

Fue un momento de celebración!

EPILOGUE

Carlos, the black sheep of the community, paid a heavy price for his poaching. In addition to giving up the *Conquistador*, his large fine was used to fund projects in the San Pedro Fishery Cooperative. Given the choice between prison and community service, Carlos chose to work with the Cooperative. In spite of his dark past, everyone realized that Carlos was a great salesman. Today he is the highly successful marketing manager for the cooperative, often seen cajoling large groups of tourists with his booming voice and infectious smile.

Meanwhile, Jimmy, Carlos' son, went on to distinguish himself with his scientific studies. His project exploring new ideas in marine aqua culture won the national science prize competition and he was awarded a scholarship to a summer internship fisheries program. He became a noted fisheries scientist under the guidance of his mentor, Lopez.

Gonzo, the former bully turned techno nerd, attached himself to Tommy, and soon became adept at manipulating the drone. With

EPÍLOGO

Carlos, la oveja negra de la comunidad, pagó un alto precio por su caza furtiva. Además de quitarle el Conquistador, se utilizó su gran multa para financiar proyectos de la cooperativa de pesca de San Pedro. Dada la posibilidad de elegir entre la cárcel y el servicio comunitario, Carlos decidió trabajar con la Cooperativa. A pesar de su oscuro pasado, todo el mundo se dio cuenta de que Carlos era un gran vendedor. Actualmente es el director de marketing de la cooperativa, y realiza su trabajo con gran éxito, atrayendo a grandes grupos de turistas con su pujante voz y su risa contagiosa.

Mientras tanto, Jimmy, el hijo de Carlos, llegó a distinguirse por sus estudios científicos. Su proyecto de explorar nuevas ideas en la acuicultura marina ganó el concurso nacional de premios de ciencia y se le concedió una beca para un programa de pesca de prácticas de verano. Se convirtió en un científico de pesca notable bajo la instrucción de su mentor, López.

Gonzo, el ex brabucón, se volvió un sabelotodo de la tecnología y un experto en la manipulación del Drone. Con la guía y supervisión

Tommy's guidance, he reapplied himself to his studies and soon was at the top of his class in mathematics and science. One day, pictures being passed around school revealed that Gonzo had turned the drone's camera on unsuspecting students doing what they thought were secret things, such as making out and smoking in seemingly unseen places. Tommy quickly squashed these embarrassing surveillance activities. Gonzo was later recruited by the Mexican National Security Agency.

Sonya, Rosa, and the women of San Pedro, given new respect and freedom to contribute to the community's future, began meeting weekly to share ideas on how to improve their town. Deciding that the best way to improve their children's futures was to improve their education, the women launched a teacher recognition program in the public schools. They lobbied the government to increase teacher salaries and rewarded teaching excellence with scholarships to national teacher training programs. In addition, the women pushed parent involvement with schools and established university scholarships for outstanding students. The graduation rate for San Pedro's public schools is now one of the highest in the country.

de Tommy, volvió a aplicarse en sus estudios y pronto estuvo entre los estudiantes más destacados de la clase en matemáticas y ciencias. Un día, las imágenes que se pasaron por la escuela revelaron que Gonzo había usado la cámara del drone para incautar a los estudiantes que hacían cosas secretas, como la fabricación y consumo de tabaco en lugares aparentemente invisibles. Tommy rápidamente reportó estas actividades de vigilancia y Gonzo pronto fue reclutado por la Agencia de Seguridad Nacional de México.

Sonya, Rosa y las mujeres de San Pedro, habiendose ganado un nuevo respeto y libertad por contribuir al futuro de la comunidad, comenzaron a reunirse semanalmente para compartir ideas sobre cómo mejorar su comunidad. Decidiendo que la mejor manera de mejorar el futuro de sus niños era mejorar su educación, las mujeres pusieron en marcha un programa de reconocimiento de maestros en las escuelas públicas. Ellas presionaron al gobierno para aumentar los salarios de los maestros y recompensar la excelencia docente con becas a los programas de formación docente nacional. Además, las mujeres impulsaron la participación de los padres en las escuelas y fomentaron las becas universitarias para los estudiantes sobresalientes. La tasa de

As the San Pedro Fishery Cooperative grew in size and success, its members explored how the cooperative concept might further build their community.

They discovered Mondragon, a community collective enterprise started in Spain nearly fifty years ago, and eventually structured their cooperative as a series of related worker owned businesses working together to provide meaningful work with fair wages all focused on building a sustainable future for all members of the community, a future where man and Nature live in harmony with each other.

graduación para las escuelas públicas de San Pedro es ahora una de las más altas del país.

A medida que La Cooperativa de pesca de San Pedro creció en tamaño y éxito, sus miembros exploraron cómo el concepto de cooperación podía contribuir aún más a su comunidad. Ellos descubrieron Mondragón, una empresa colectiva que se inició en España hace casi cincuenta años atrás cuando un grupo de trabajadores de una determinada empresa se unió para buscar ofrecer un buen trabajo y un salario digno. Su meta era la creación de un futuro sostenible para todos los miembros de su comunidad, donde los hombre y la naturaleza pudieran vivir en armonía.

HOW YOU CAN HELP SAVE THE VAQUITA PORPOISE!

As I complete this story, it is estimated that perhaps only fifty vaquita porpoises remain in the Gulf of California, a number dangerously close to extinction. It is my hope that the story of Payeto, the Last Vaquita Porpoise, will inspire you to take action to save this unique and special creature. There are a number of international organizations committed to saving the vaquita and collectively they have initiated programs that promote this cause. In addition, the Mexican government must be commended for its actions to preserve not only the vaquita but also the totoaba and the unique and diverse marine habitat in the Gulf of California.

Be an activist. Get involved! I'm counting on you, and so is Payeto!

To learn more about the vaquita porpoise:

¡CÓMO USTED PUEDE AYUDAR A SALVAR LA VAQUITA MARINA!

Al tiempo que terminé esta historia, se estimaba que tal vez sólo cincuenta vaquitas marsopa permanecían en el Golfo de California, un número peligrosamente cerca de la extinción. Tengo la esperanza de que la historia de "Payeto, la Última vaquita marina", inspire a tomar medidas para salvar a esta criatura única y especial. Hay una serie de organizaciones internacionales comprometidas a salvar las vaquitas y colectivamente han iniciado programas para promover esta causa. Además, el gobierno mexicano debe ser elogiado por sus acciones para preservar no sólo a la vaquita sino también a el totoaba y al único y diverso hábitat marino en el Golfo de California.

Sea un activista. ¡Involúcrese! ¡Payeto y yo contamos con usted!

Aquí están los enlaces para los programas que se dedican a salvar a la vaquita:

The Vaquita: The Biology of an Endangered Porpoise, by Aidan Bodeo-Lomicky

Here are links to programs that are devoted to saving the vaquita:

Viva Vaquita	Viva Vaquita
Save the Whales	Salven a las ballenas
Environmental Defense Fund	Fondo de Defensa Ambiental
World Wildlife Fund	Fondo Mundial para la Vida Silvestre
Mexico Department of Fisheries	Departamento de Pesca de México

GLOSSARY

Catch Share - a fisheries management program that regulates the number of fish that can be caught by each licensed fisherman. This number is based on a scientific analysis of how many fish can be caught each year while still allowing the fishery to sustain itself. The goal of the catch share program is to eliminate competition that encourages individual fishermen to catch as many fish as possible which ultimately destroys the fishery. There are over 200 catch share programs operating in countries around the world.

Community - a group of any size that shares common interests, often social and cultural. Such groups often work together to build and sustain their community structure.

Cooperative - a voluntary association of people who cooperate for their social, economic, and/or cultural benefit. Cooperatives exist in many forms, from food co-ops, where people work together to obtain and distribute healthy

GLOSARIO

Atrapa Comparte, un programa de gestión de la pesca que regula el número de peces que pueden ser capturados por cada pescador con licencia. Este número se basa en un análisis científico de cuántos peces pueden ser capturados cada año y al mismo tiempo permitiéndole a la pesquería sostenerse a sí misma. El objetivo del programa de cuotas individuales es eliminar la competencia que fomenta a los pescadores individuales a atrapar tantos peces como sea posible, ya que finalmente terminan destruyendo la pesca. Hay más de 200 programas de cuotas de captura que operan en países de todo el mundo.

La Comunidad, un grupo de cualquier tamaño que comparte intereses comunes, a menudo sociales y culturales. Estos grupos generalmente trabajan juntos para construir y mantener la estructura de su comunidad.

Cooperativa, una asociación voluntaria de personas que cooperan para su beneficio social, económico y cultural. Existen cooperativas en muchas formas, desde las cooperativas de alimentos, donde la gente trabaja

foods, to worker cooperatives where workers cooperate to manage and operate a business for the common benefit of all workers, (see Mondragon).

junta para obtener y distribuir los alimentos sanos, a las cooperativas de trabajo donde los trabajadores cooperan para administrar y operar un negocio para el beneficio común de todos los trabajadores, (ver Mondragón).

Culture - the habits, arts, and traditions of a group of people.

Cultura, los hábitos, las artes y las tradiciones de un grupo de personas.

Drone - an unmanned aerial vehicle, such as a remote controlled airplane or helicopter. Such vehicles often have cameras and some have military capabilities.

Drone, un vehículo aéreo no tripulado, como un avión o helicóptero a control remoto. Estos vehículos suelen tener cámaras y algunos tienen capacidades militares.

Fishery - a group of people who raise, catch, or harvest specific fish in a specific area. There are over 500,000 people involved in fisheries in the world.

Pesquería, un grupo de personas que crían, capturan, o cosechan peces específicos en un área específica. Hay más de 500.000 personas que participan en la pesca en el mundo.

Gill Netting - a fishing method that deploys vertical panels of nets to entangle and trap passing fish. The size of the net web determines what kind of fish are trapped. This process will catch all kinds of fish including species that might be endangered, such as the vaquita porpoise. For this reason, gill netting is banned in some fisheries.

Redes de enmalle, un método de pesca que despliega paneles verticales de redes para enredar y atrapar a los peces que pasan. El tamaño de la red determina qué tipo de peces se encuentran atrapados. En este proceso se captura todo tipo de peces incluyendo especies que podrían estar en peligro de extinción, como la vaquita marina. Por esta razón, las redes de enmalle están prohibidas en algunas pesquerías.

Gray Whale - one of the largest members of the Cetacean family, reaching lengths of 15 meters (50 feet), weighing about 3,175 kilos (35 tons), and having a lifespan of 45-75 years. Gray whales, especially females and calves, often travel in pods and migrate long distances between feeding and breeding grounds. The longest recorded mammal migration was by a female gray whale who traveled 22,000 km (13,670 miles).

Ballena Gris, uno de los miembros más grandes de la familia de Cetáceos, que alcanzan longitudes de 15 metros (50 pies), con un peso alrededor de 3.175 kilos (35 toneladas), y que tienen una vida útil de 45-75 años. Las ballenas grises, especialmente las hembras y las crías, a menudo viajan en grupos y migran largas distancias entre las áreas de alimentación y reproducción. La migración más larga de mamíferos registrada fue por una ballena gris hembra que viajo 22.000 kilometros (13.670 millas).

Guacamole - a Latin American dip made from avocado, lime juice, garlic, and spices.

Guacamole, una salsa latinoamericana hecha de aguacate, jugo de limón, ajo y especias.

Gulf of California - a part of the Pacific Ocean that lies between the peninsula of Baja California and mainland Mexico. Historically, also known as the Sea of Cortez and the Vermillion Sea. One of the richest marine eco systems in the world.

Golfo de California, una parte del Océano Pacífico que se encuentra entre la península de Baja California y México. Históricamente, también conocido como el Mar de Cortés y el Mar Vermilion. Uno de los ecosistemas marinos más ricos del mundo.

Jellyfish - sea creatures with a gelatinous umbrella shaped bell and trailing tentacles which are often poisonous. The bell pulsates to produce motion. Jellyfish live in all the oceans of the world and are the planet's oldest living multi-organ creatures.

Las medusas, criaturas del mar con una campana en forma de paraguas gelatinosa y tentáculos posteriores que a menudo son venenosos. La campana vibra para producir movimiento. Las medusas viven en todos los océanos del mundo y son las criaturas más viejas y con más órganos que viven en el planeta.

Killer Whale - Orca, a member of the Cetacean family, this large mammal is the ocean's most ferocious and intelligent predator. Recognized by its large dorsal fin and unique black and white body markings, the orca is found in all the world's oceans. Killer whales are highly social and communicate with sounds often unique to particular groups.

Orca, La orca es un miembro de la familia de los Cetáceos, este gran mamífero es el depredador más feroz e inteligente del océano. Reconocido por su gran aleta dorsal y marcas únicas, de cuerpo blanco y negro, la orca se encuentra en todos los océanos del mundo. Las orcas son muy sociales y se comunican con sonidos a menudo únicos, con grupos particulares.

Bio-luminescence -a chemical reaction that produces light in organisms ranging from marine creatures to fireflies and bacteria.

Bio-luminiscencia, una reacción química que produce luz en organismos que van desde las criaturas marinas hasta las luciérnagas y bacterias.

Manta Ray - a large, flat fish with protruding horns whose wings can be up to 7 meters (23 feet) wide. Rays are filter feeders, consuming large amounts of zoo plankton.

La Mantarraya, un gran pez plano con cuernos sobresaliendo cuyas alas pueden ser de hasta 7 metros (23 pies) de ancho. Los mantarrayas son filtradores, consumidores de grandes cantidades de zooplancton.

Molé Sauce - a Mexican sauce that is often served over meat. The primary ingredients are chilies, tomatillos, fruits, and spices. Different regions in Mexico have unique mole' sauce flavors.

Salsa de Mole, una salsa mexicana que a menudo se sirve con carne. Los ingredientes principales son chiles, tomatillos, frutas y especias. Diferentes regiones de México tienen sabores únicos de salsas.

Mondragon Cooperative - a workers' cooperative formed in northern Spain in the 1950's that has grown to over 75,000 employees and has companies and partnerships in countries all over

Cooperativa Mondragón, una cooperativa de trabajadores formados en el norte de España en la década de 1950 que ha crecido a más de 75.000 empleados y cuenta con empresas

the world. The cooperative is worker owned and managed with efforts focused on actions benefiting both workers and the communities they live in.

y asociaciones en países de todo el mundo. La cooperativa es propiedad de los trabajadores y dirigida con los esfuerzos enfocados a beneficiarlos a ambos, los trabajadores y las comunidades en las que viven.

Posole (or Pozole) Soup - a Mexican soup often served on important occasions. The primary ingredients are hominy, meat broth, chilies, onions, lettuce and radishes. Different regions in Mexico have unique recipes such as red or green posole'.

Sopa de pozole, una sopa mexicana a menudo se sirve en ocasiones importantes. Los ingredientes principales son la sémola de maíz, el caldo de carne, chiles, cebollas, lechuga y rábanos. En diferentes regiones de México tienen recetas únicas, tales como pozole rojo o verde'.

*Predato*r - an organism or animal that hunts and captures other organisms or animals, usually for food. A predator that is at the top of a food chain and is not endangered by other predators is called an apex predator. The killer whale is an apex predator.

Depredador, un organismo o animal que caza y captura a otros organismos o animales, por lo general para comerlos. Un depredador que está en la cima de la cadena alimenticia y no está en peligro por otros depredadores es llamado, depredador ápice. La orca es un depredador.

Red Devil - the Spanish name for the Humboldt squid, one of the largest and most aggressive members of the squid family. The Humboldt squid is a predator and its bio-luminescent body can flash red and white when hunting.

Diablo Rojo, el nombre español para el calamar de Humboldt, uno de los más grandes y agresivos miembros de la familia del calamar. El calamar de Humboldt es un depredador y su órgano bio luminiscente puede destellar el rojo y blanco cuando caza.

Relationship - the way in which two or more ideas, objects, or creatures are connected. Also, the state of being

Relación, la forma en que se conectan dos o más ideas, objetos o criaturas. Además, el estado de estar

connected. Life is all about connections and relationships.

conectado. La vida se trata de hacer conexiones y relaciones.

RF Transmitter - a radio device that sends signals that can be used to control devices such as drones.

Transmisor de RF, un dispositivo de radio que envía señales que se pueden usar para controlar dispositivos tales como aviones no tripulados.

Science - the systematic, rational study of the physical and natural world through observation and experimentation.

La ciencia, el estudio sistemático y racional del mundo físico y natural a través de la observación y la experimentación.

Sushi - a Japanese food made of cooked rice and containing seafood, vegetables, or fruit, often prepared in rolls wrapped in seaweed. Styles and ingredients vary greatly and are often served with pickled ginger, soy sauce, and wasabi.

Sushi, un alimento japonés hecho de arroz cocido que contiene mariscos, verduras o frutas, a menudo preparado en rollos envueltos en algas marinas. Sus estilos e ingredientes varían mucho y a menudo se sirven con jengibres encurtidos, salsa de soya y wasabi.

Sustainability - the ability of a system to endure over time. For instance, a biological system, like a a fishery, is sustainable if it's ability to replenish itself is not overwhelmed by forces that deplete it, such as over-fishing. Sustainability is a problem in many of today's world eco systems that are impacted by human actions.

La sostenibilidad, la capacidad de un sistema para perdurar con el tiempo. Un sistema biológico es por ejemplo una pesquería sostenible con capacidad para reponerse por si sola sin ser abrumada por fuerzas que la agoten, como la pesca excesiva. La sostenibilidad es un problema en muchos de los ecosistemas del mundo de hoy que se ven afectados por las acciones humanas.

Totoaba - a large fish that lives only in the northern part of the Gulf of California. Totoaba can grow to 2 meters (more than 6 feet) in length and 100

Totoaba, un gran pez que vive sólo en la parte norte del Golfo de California. El Totoaba puede crecer hasta 2 metros (más de 6 pies) de largo y 100

kilos (220 pounds). Although it is now illegal to catch totoaba, their swim bladders are prized in Asia which has prompted poachers to continue taking them. The totoaba is now an endangered species.

kilos (220 libras). Aunque ahora es ilegal capturar totoabas, sus vejigas natatorias son muy apreciadas en Asia, lo que ha llevado a los cazadores furtivos a continuar pescándolos. El totoaba es ahora una especie en peligro de extinción.

Vaquita Porpoise - the world's smallest porpoise, the vaquita is a member of the Cetacean family. It only lives in the northern part of the Gulf of California and current estimates suggest that only 50 vaquita may exist. Although it is illegal to catch vaquita, they are often caught by gill nets used to take other fish. Many international organizations and the Mexican government are working together to save this endangered species.

Vaquita Marina, la marsopa más pequeña del mundo, la vaquita es un miembro de la familia de los Cetáceos. Sólo viven en la parte norte del Golfo de California y las estimaciones actuales dicen que pueden existir sólo 50 vaquitas. Aunque es ilegal atrapar vaquitas, éstas a menudo quedan atrapadas por redes de enmalle utilizadas para atrapar otros peces. Muchas organizaciones internacionales y el gobierno de México están trabajando juntos para salvar a esta especie en peligro.

Wasabi - a spicy hot, green paste made of Japanese wasabi root that is served with sushi.

Wasabi, una pasta verde picante, hecha de la raíz del wasabi japonés que se sirve con sushi.

Winch - a mechanical device used to wind up and let out rope, cable, chain, or net. Winches use gears to obtain mechanical leverage and can be motorized or hand operated. Mankind has employed winches for hundreds of years, beginning with wooden winches used in architecture and warfare.

Cabrestante, un dispositivo mecánico utilizado para enrollar y dejar salir la cuerda, cable, cadena o red. Los cabrestantes usan engranajes para obtener influencias mecánicas y pueden ser motorizados u operados a mano. La humanidad ha usado cabrestantes durante cientos de años, empezando con cabrestantes de madera usados en la arquitectura y la guerra.

To keep up with my latest adventures and projects, please visit my blog!

Travels With Tio

Made in the USA
San Bernardino, CA
04 June 2016